U0682876

中国最美古典诗词

边塞卷

叶 嘉 著

中国华侨出版社

图书在版编目(CIP)数据

中国最美古典诗词:边塞卷 / 叶嘉著.—北京:
中国华侨出版社,2013.10 （2021.2重印）

ISBN 978-7-5113-4205-8

Ⅰ.①中… Ⅱ.①叶… Ⅲ.①古典诗歌–诗歌研究–中国
Ⅳ.①I207.2

中国版本图书馆 CIP 数据核字(2013)第256391 号

中国最美古典诗词:边塞卷

著　　者 / 叶　嘉
责任编辑 / 若　溪
责任校对 / 孙　丽
经　　销 / 新华书店
开　　本 / 870 毫米×1280 毫米　1/32　印张/8　字数/230 千字
印　　刷 / 三河市嵩川印刷有限公司
版　　次 / 2013年10月第1版　　2021年2月第2次印刷
书　　号 / ISBN 978-7-5113-4205-8
定　　价 / 38.00 元

中国华侨出版社　北京市朝阳区静安里 26 号通成达大厦 3 层　邮编:100028
法律顾问:陈鹰律师事务所
编辑部:(010)64443056　　64443979
发行部:(010)64443051　　传真:(010)64439708
网址:www.oveaschin.com
E-mail:oveaschin@sina.com

　　自从上古开始，中华民族经历了大大小小几十个朝代，但是数千年的历史中，边疆似乎从来没有安宁过。有些时候，朝廷会选择和亲的方式取得一时的和平，比如最为著名的汉朝王昭君出塞，以及唐朝的文成公主进藏。而更多的还是通过战争的方式来解决。

　　因为有战争就会有将士，就会有杀戮，就会有思乡之情。

　　而就在将士们马革裹尸的时候，就在将士们战场厮杀的时候，就在将士们苦苦戍守的时候，就在将士们思念家乡的时候……涌现出了一大批优秀的边塞诗人和边塞诗。

　　所谓的边塞诗是以边疆地区军民生活、自然风光、战争场面为题材的诗歌。通常认为，边塞诗发展于汉魏六朝时代，到了隋朝时期开始盛行，到了唐代更是进入到了黄金时期，当然任何题材的诗歌在唐朝都达到了顶峰。根据统计，唐朝以前的边塞诗歌留存下来的不到200首，而在《全唐诗》中收录的边塞诗就有2000多首。

边塞诗中充斥着各种矛盾，诸如离别、思乡、闺怨等。诗人们在抒发感情的同时，也会展现自己报效祖国的豪情、厌恶战争的悲哀之情、思念家乡和妻子儿女的闺怨之情。在抒情上，有的诗人愿意直接抒发，而有的诗人更习惯间接抒发。他们借助大漠孤烟、长河落日、天山明月、青海戍楼、金河玉关、马策刀环，甚至羌笛等来抒发自己的感情。我们可以从这些物象中感受到诗人们的内心世界。比如高适的《塞上听吹笛》："雪净胡天牧马还，月明羌笛戍楼间。借问梅花何处落，风吹一夜满关山。"就是通过笛声来展现戍守边疆将士们的思乡之情。

边塞诗是历朝历代的主要题材，是诗歌中思想性最为深刻，同时想象力最为丰富、艺术展现力最强的题材。在边塞诗中，一部分是切身体会到边塞生活和战争状况的军旅诗人所创作的，他们亲闻亲见了边塞的生活，所以他们是最有发言权的人；还有一部分则是对乐府旧题的翻新创作。边塞诗的创作人数非常多，最为著名的就有骆宾王、高适、岑参和王昌龄等人。

以初唐四杰的骆宾王为例，他是初唐边塞诗最多的诗人，他的边塞诗主要在展现边塞风光、边疆战事的疾苦、杀敌报国的抱负、将士们的思乡之情等多个方面，而这四点也基本涵盖了所有边塞诗的内容。

边塞诗的产生是伴随着我国疆域相对不稳定而产生的。在疆域的不断变化中，逐渐涌现出了一批批优秀的诗人和作品，我们在赏析这些诗歌的过程中，除了体会其中的壮志豪情、文字魅力之外，更能够体会到一种历史的厚重感。

本书精选了各个朝代边塞诗中的精品，其中不乏耳熟能详的名篇。对此加以赏析，借助时间线索让读者更容易理解和记忆，同时也能够让读者更深切地感受到边塞诗的魅力。

CONTENTS 录

辑三
波澜壮阔的军旅及边关——隋唐

辑四

抵御外辱，保家卫国——宋元明清近代

辑一

边塞诗萌芽，部落战争——先秦两汉

在战乱频繁的古代，战士们一旦穿上铠甲，就可能一生奔波。归家的希望渺茫，思乡的情绪却越发浓郁。在战争中，士兵们只好互相安慰，同仇敌忾，希望早日打败敌人，回归家园。

与子同仇

——《诗经·无衣》

岂曰无衣，与子同袍。王于兴师，修我戈矛。与子同仇！

岂曰无衣，与子同泽。王于兴师，修我矛戟。与子偕作！

岂曰无衣，与子同裳。王于兴师，修我甲兵。与子偕行！

　　《无衣》出自《诗经》的《国风》篇，《国风》里多是民歌，在词韵流转上，情感质朴而表达直接。《无衣》是一首军歌，在继承国风篇自身特点的同时，还带有军哥特有的单纯明快。"美用兵勤王也。秦地迫近西戎，修习战备，高上气力，故《秦风》有《车邻》、《驷骥》、《小戎》之篇及'王于兴师，修我甲兵。与子偕行'之事"(清·魏源《诗古微》)。

　　军歌历来都是军队政治建设中不可或缺的一部分。在现代历史上的抗日战争、抗美援朝战争中，都留下了许多诸如《义勇军进行曲》、《中国人民志愿军军歌》等脍炙人口的军人心曲。军歌在鼓舞士气、调整作战步伐等方面所起的作用非枪炮所能代替，因而素为善于用兵之道者所重视。听到军乐奏起明快的旋律，战士热血沸腾，燃起熊熊斗志，抱着战死沙场的决心，去抵御敌人。而《无衣》作为最早的军歌，从它的出现，也可以看出我国人民用兵的智慧。

对于诗中"与子同袍"的常见解释通常为"同穿一条战袍"。作这种解释的人认为，"无衣"表现的是当时来自底层人民的士兵军队生活的常态，面对外族的侵略，战士们抛头颅、洒热血，浴血沙场，又岂会在乎"无衣"这样的小事？其说似乎振振有词，但笔者认为，这其实是一种误读。像军歌一样，着装也是军队政治建设的一项重要内容。事实上，着装整齐的军队更富有战斗力。古装片和小人书中的古代军队着装整齐划一，并非是拍摄者为了画面美观而自行设计的，而是有可信依据的，举世闻名的秦始皇兵马俑的阵容就是那个时代军队着装的真实写照。

同样出现"岂曰无衣"诗句的还有《唐风》同名诗："岂曰无衣？七兮。"在这里，此句应理解为反问，意为加强语气，引起读者的注意。所以"与子同袍"应理解为"同穿一样战袍"，也符合军队着装整齐的事实。同时，整首诗的基调是在描写士兵间同生共死的情谊。而后世把战友关系称为"袍泽之谊"，也是出自于"与子同袍"和"与子同泽"。

"王于兴师，修我戈矛"，出征号角就要吹响，快准备好手中的刀枪，奔赴抗击敌人的战场。"王"在诗中代指国家，整首诗洋溢着强烈的国家意识和民族情感。没有国就没有家，没有家就没有你我，所以国家有难，就"与子同仇"，表现了士兵间团结友爱、同仇敌忾的朴素感情。正是这种淳朴的民族情感，这种团结的兄弟情义，保证了抗击侵略者的胜利。

这首军歌语言单纯明快，节奏铿锵有力，在古代军队中传唱广泛，是《诗经》中最为著名的爱国主义诗篇。

威震四夷

——《天马歌》

> 天马徕，从西极。涉流沙，九夷服。天马徕，出泉水。虎脊两，化若鬼。天马徕，历无草。径千里，循东道。天马徕，执徐时。将摇举，谁与期。天马徕，开远门。竦予身，逝昆仑。天马徕，龙之媒。游阊阖，观玉台。

关于汗血宝马，最早可见《史记·乐书》应劭注："大宛旧有天马种，蹋石汗血，汗从前肩膊出如血，号一日千里。"天马即汗血马，因"沾赤汗兮沫流赭"，马周身布满血斑，流汗时如血渗出，得名汗血马。又因此马日行千里，奔驰如飞，故称天马。汉武帝想用金马换西域宝马，不得，遂封李广利为"贰师将军"，两次西征大宛，破大宛贰师城，取宝马。但是，胜利的代价也是惨重的，汉军为此耗费巨大的人力、物力。这首《天马歌》就是在这一背景下创作的。

据《史记·乐书》上记载，得到了汗血宝马后，汉武帝曾作诗两首，一为《天马歌》，又名《太一之歌》："太一贡兮天马下，沾赤汗兮沫流赭。骋容与兮跇万里，今安匹兮龙为友。""伐大宛得千里马，马名蒲梢，次作以为歌"，也就是收录在《汉书·武帝本纪》中的《西极天马歌》，"四年，贰师将军广利斩大宛王首，获汗血马来。作《西极天马之歌》。"诗曰："天马来兮从西极，经万里兮归有德。承灵威兮降外国，涉流沙兮四夷服。"汉武帝在诗中自称"有德"，流露出了一代帝王完成外邦降服，四海归顺大业的自豪感。

这首诗被收录于东汉班固所作《汉书》的《礼乐志》卷中，列为《郊祀歌》十九章之十。郊祀歌是古代帝王郊祀仪式上所用的歌，音律上以雅正为美，因此就在原《西极天马歌》的基础上，调整篇幅和音律，形成了这篇《天马歌》。此诗为三言体，四句一韵，一气呵成。"凡音之起，由人心生也，人心之动，物使之然也。"然"夫上古明王举乐者，非以娱心自乐，快意恣欲，将欲为治也"。因此，这首诗表现汉武帝得到汗血宝马的快意倒是其次，主要是描写西征大宛路途遥远且极其荒凉，此行历经艰难，从而衬托出西征将士的威武豪迈。

汉代的边塞诗数量不多，主要有三种情况：一是由戍边武将、随军文士或和亲公主所作，二是乐府诗，三是少数民族诗。内容上主要以描写当时北方边塞的故事为主，记时记事性很强。戍边武将、随军文士或和亲公主所作的诗，由于作者长期生活在边塞，故诗歌多以写自己的亲身经历和体会为主。如霍去病作有《霍将军歌》：

四夷既获，诸夏康兮。国家安宁，乐无央兮。载戢干

戈，弓矢藏兮。麒麟来臻，凤凰翔兮。与天相保，永无疆
兮。亲亲百年，各延长兮。

　　霍去病是汉武帝时期继卫青之后又一位杰出的军事将领，勇武
异常，善骑射。"凡六出击匈奴，屡建功勋。"（《汉书》本传）
《霍将军歌》一句四言，音律整齐而肃穆安详。宋范晞文《对床夜
语》对此评价说："霍去病志得意欢，作歌曰：……去病非以文章
名者，乃知西汉时言语，自非后世可企。"
　　同属于汉代边塞诗的还有李陵投降匈奴后，与苏武离别时所作
的《别歌》："径万里兮度沙漠，为君将兮奋匈奴。路穷绝兮矢刃
摧，士众灭兮名已隤。老母已死，虽欲报恩安将归？"李陵是西汉名
将李广的长孙，天汉二年出兵匈奴，兵败被俘，投降。"昭帝即位
数年，匈奴与汉和亲，汉使求苏武等。单于许武还。李陵置酒贺武
曰：'异域之人，一别长绝'。因起舞而歌，泣下数行，遂与武决。"
　　李陵的投降令汉武帝十分气愤，遂下令诛杀李陵全家，后世也
历来将李陵投降匈奴视为失节行为，但这首《别歌》却写出了李陵
率五千步卒征战匈奴的艰辛和在箭尽粮绝、身陷重围，而援兵不继
的情况下投降匈奴的无奈，全诗情感悲怆，真挚动人。同时也表达
了他因家人被诛杀而不得不绝了归汉念头的心灰意冷。

征伐无时

——《战城南》

战城南,死郭北,野死不葬乌可食。为我谓乌:且
为客豪!野死谅不葬,腐肉安能去子逃!水声激激,蒲苇
冥冥。枭骑战斗死,驽马徘徊鸣。梁筑室,何以南,何
以北?禾黍不获君何食?愿为忠臣安可得?思子良臣,良臣
诚可思:朝行出攻,暮不夜归!

这是一首悼亡诗,属于汉代《铙歌十八曲》之一,铙,是我国
最早的青铜打击乐器之一,最初应用于军中传播号令。所以这首
《战城南》同样是首军歌,但与前面介绍的《无衣》所不同的是,
本篇旨在揭露战争的残酷和穷兵黩武的罪恶,因此在描写上着重刻
画了战场的凄凉和战争带给人民的灾难景象。

"战城南，死郭北"两句意为城南城北都在打仗、死人，属于互文见义的手法，同样的手法还有我们耳熟能详的乐府诗《木兰诗》，其中有"开我东阁门，坐我西阁床"等诗句。"为我谓乌：且为客豪"，是说请求乌鸦先不要忙啄食死尸，反正死尸也是逃不过你们的口腹的，请先容我为死者大声恸哭，古人有一边哭一边叫死者的名字以此为新死的人招魂的仪式。刻画出恶战之后，战场上尸横遍野无人掩埋，只招致群鸦乱噪、啄食尸骨的凄凉情景。

接着用"水声激激，蒲苇冥冥"起兴，继续渲染诗中悲凉的基调。"枭骑战斗死，驽马徘徊鸣"，最骁勇的战士都牺牲了，身负重伤的战马在他身边徘徊悲鸣，不愿离去。"梁筑室"，在桥梁上建筑营垒工事，何以通南北？"禾黍不获君何食"，壮丁都被征用，没人种地，皇帝你吃什么？这是对战争带给社会的危害的描写。在这样倒行逆施的统治下"愿为忠臣安可得"？进而提出对统治者的警告："思子良臣，良臣诚可思：朝行出攻，暮不夜归！"——想想那些战死者吧，那些肱骨良臣，早上出战，晚上再也没能回来。

战死的马是"枭骑"，战死的人是良臣，战争迅速消耗着社会的精英和生产力，从而生出"彼苍者天，歼我良人。若可赎兮，人百其身"的感叹。全诗充斥着对"良臣"之死的伤悼和惋惜，痛斥战争的残酷和恐怖，表达了诗人呼吁统治者反思的反战倾向。

远嫁他乡
——《悲愁歌》

　　吾家嫁我兮天一方，远托异国兮乌孙王。穹庐为室
兮毡为墙，以肉为食兮酪为浆。居常土思兮心内伤，愿
为黄鹄兮归故乡。

（汉）刘细君

　　这首诗的作者刘细君是汉代的和亲公主，她的这首《悲愁歌》
还有另外两个名字，分别是《细君公主歌》和《黄鹄歌》。汉代公
主和亲的政策一以贯之，因此和亲公主和此类诗词并不少见。我们
不知道的是这位细君公主是"前无古人"的第一位和亲的皇室公
主。她的父亲是汉江都王刘建，封地就在今天的扬州。汉武帝因国

策需要，将其封为江都公主下嫁给乌孙国的国王昆莫。因此，与最著名的和亲公主王昭君相比，刘细君身份显贵，是真正具有皇室血统的金枝玉叶，她的下嫁也早了七十年。因此，细君公主被后世称为"第一位名传史册的和亲公主"，因她的诗作还被认为是和亲公主中的第一位才女。

跟其他皇室的金枝玉叶相比，刘细君无疑是不幸的，她未能享受高贵血统带来的荣华富贵，却带着铁血男儿也无法完成的政治任务远嫁异乡。下嫁后生活上的不习惯，连绵不绝的思乡情怀都让她尝尽了苦楚。可以说，这首《悲愁歌》将她嫁异乡的离愁别苦表达得淋漓尽致。

"吾家嫁我兮天一方，远托异国兮乌孙王"告诉我们细君公主创作这首诗的背景，"穹庐为室兮毡为墙，以肉为食兮酪为浆"用简短精练的词汇描述了异域生活的不便，"居常土思兮心内伤，愿为黄鹄兮归故乡"则诉尽了对故土和亲人的思念，表达了想要重回故乡的强烈愿望。

这首诗的重要意义之一是为我们提供了关于当时的乌孙生活状况的第一手史料。不同于中原腹地，乌孙人在穹庐中居住，用毛毡做墙壁，吃的主要是肉食，喝的主要是奶酪。在江南扬州长大的细君公主当然难以接受，这种生活上的不便又加重了她怀念家乡的愁苦。

那时的乌孙国相当于今天从甘肃西北到新疆一带，远离中原，气候和地理都是汉朝人所不熟悉的。乌孙是逐水草而居的游牧民族，所以细君公主在这首诗中描述的以穹庐为屋，以肉酪为食的情况具有可靠的真实性。

《悲愁歌》不仅文采出众，而且具有重要的史料价值，又在后世广为传诵，人们把历史上的第一首边塞诗，收入汉诗，称为"绝调"，它的作者刘细君也因此在文坛和史学上享有较高评价，它后来被收入《汉书》。汉朝的诗歌政治色彩比较浓厚，刘细君的可贵之处在于她沦为政治的牺牲品，作品却与政治没有丝毫关系，对周边事物平铺直抒，却真实地表达了自己对故乡和亲人的真情厚意和纷繁复杂的感情世界。汉赋讲究言志，但刘细君的作品却走"诗缘情"的小清新，为当时被政论主导的诗坛增添了清新空气。

古代有很多涉及和亲题材的边塞诗，唐代的杜审言在《送高郎中北使》中描写了和亲使者："北狄愿和亲，东京发使臣。马衔边地雪，衣染异方尘。岁月催行旅，恩荣变苦辛。歌钟期重锡，拜手落花春。"当然，也有很多人从各种角度肯定奉和和亲政策，崔日用在《奉和送金城公主适西蕃》中写道"俗化乌孙垒，春生积石河"，苏颋在《奉和送金城公主适西蕃应制》中说"旋知偃兵革，长是汉家亲"，杜审言在另外一首《送和西蕃使》中还用"圣朝尚边策，诏谕兵戈偃"对和亲政策以充分肯定。细君公主的《悲愁歌》是难得的以第一人称描写公主和亲生活的佳作。

边塞史诗

——《悲愤诗（其一）》

汉季失权柄，董卓乱天常。志欲图篡弑，先害诸贤良。

逼迫迁旧邦，拥主以自强。海内兴义师，欲共讨不祥。

卓众来东下，金甲耀日光。平土人脆弱，来兵皆胡羌。

猎野围城邑，所向悉破亡。斩截无孑遗，尸骸相撑拒。

马边悬男头，马后载妇女。长驱西入关，迥路险且阻。

还顾邈冥冥，肝脾为烂腐。所略有万计，不得令屯聚。

或有骨肉俱，欲言不敢语。失意几微间，辄言弊降虏。

要当以亭刃，我曹不活汝。岂敢惜性命，不堪其詈骂。

或便加棰杖，毒痛参并下。旦则号泣行，夜则悲吟坐。

欲死不能得，欲生无一可。彼苍者何辜，乃遭此厄祸。

边荒与华异，人俗少义理。处所多霜雪，胡风春夏起。

翩翩吹我衣，肃肃入我耳。感时念父母，哀叹无穷已。

有客从外来，闻之常欢喜。迎问其消息，辄复非乡里。

邂逅徼时愿，骨肉来迎己。己得自解免，当复弃儿子。

天属缀人心，念别无会期。存亡永乖隔，不忍与之辞。

儿前抱我颈，问母欲何之。人言母当去，岂复有还时。

阿母常仁恻，今何更不慈。我尚未成人，奈何不顾思。

见此崩五内，恍惚生狂痴。号泣手抚摩，当发复回疑。

兼有同时辈，相送告离别。慕我独得归，哀叫声摧裂。

马为立踟蹰，车为不转辙。观者皆嘘唏，行路亦呜咽。

去去割情恋，遄征日遐迈。悠悠三千里，何时复交会。

念我出腹子，胸臆为摧败。既至家人尽，又复无中外。

城廓为山林，庭宇生荆艾。白骨不知谁，纵横莫覆盖。

出门无人声，豺狼号且吠。茕茕对孤景，怛咤糜肝肺。

登高远眺望，魂神忽飞逝。奄若寿命尽，旁人相宽大。

为复强视息，虽生何聊赖。托命于新人，竭心自勖励。

流离成鄙贱，常恐复捐废。人生几何时，怀忧终年岁。

（东汉）蔡琰

　　《悲愤诗（其一）》描写的是汉末社会的动乱和人民的苦难生活，这是我国诗史上第一首自传体的五言长篇叙事诗，通过对诗人自己在汉末大动乱中的悲惨遭遇进行描写，真实而生动地再现了动荡社会中底层人民的辛酸血泪。全诗共 108 句，540 字，规模意义堪比史诗，同时通篇弥漫着史诗的悲剧色彩。字字见血，句句泣泪。诗人的悲愤，也是所有动乱的受难者对悲剧制造者的血泪控诉。

全诗可分 3 个层次，前 40 句交代诗人蒙难的历史背景，为第一层。从董卓之乱写起，概括了中平六年至初平三年期间的动乱情况，因为是自传性质的叙事诗，诗中所写基本与史实吻合，诗句如实记录了在以董卓为首的一群乱党掌权，实施一系列的残暴苛政、野蛮屠杀和疯狂掠夺下，俘虏们在俘虏营中、生死难料、日夜哀泣的悲惨生活。这也是作者自己被掳的惨痛经历，描写细致真实，悲愤难平，指天而问的感情流露自然，容易激起读者的共鸣。

"边荒与华异"以下 40 句为第二层。"边荒与华异，人俗少义理"两句，表面是写在诗人眼中，边疆少数民族的风俗文明都与自己的家乡中原内地大不相同，令人难以接受，实际暗指诗人在被俘期间遭受了惨无人道的侮辱蹂躏。"处所多霜雪"以下 6 句进一步详细描写边地少数民族的风土人情，居住环境，以景衬情，言边地之苦，烘托思念父母的哀叹，同时增强诗歌酸楚的悲剧气氛。"有客从外来"以下 6 句，表达诗人盼望家人消息和思归的急切心情，"迎问其消息，辄复非乡里"，听见来人的惊喜转向确认不是故乡消息的失落，忽喜忽悲，大起大落。最后，终于得偿所愿，喜出望外。却又得知只能只身返乡，与两个儿子的一别也许就永无再见之日，诗人在思念父母和不忍与自己的苦肉分离的矛盾中痛苦不已。这一层主要描写边地艰苦的生活状况和去留两难的悲愤，感情真挚，百转千回，令人动情。

从"去去割情恋"起最后 28 句为第三层，叙述诗人忍痛踏上归途后的遭遇。对矛盾痛苦的境遇的描写中，插入议论和抒情，感情表达得淋漓尽致。在全诗的最后发出"人生几何时，怀忧终年岁"的慨叹，"总束通章，是悲愤大结穴处。"《古诗赏析》认为人生是痛苦的，世界是虚无的，将全诗的悲愤困苦推向顶峰。

《悲愤诗》深受汉乐府叙事诗的影响，在建安诗歌中自成一体，语言上沿袭了叙事诗一贯的精练风格，同时诗风中不乏建安文人的文采风流和直抒胸臆的质朴，文学价值斐然，对杜甫的《北征》、《奉先咏怀》均有影响，与《古诗为焦仲卿妻作》并称建安时期叙事诗的双璧。同时，虽然受自身境遇所限，蔡琰对胡地生活的叙述中带着一种悲愤的情感，但其描述的真实性是可以肯定的，这为后人研究有关古代少数民族生活状况保留了第一手的珍贵史料。

辑二

壮怀激烈的杀伐及边塞——魏晋南北朝

魏晋南北朝，战乱频繁，一方面是军队混战，另一方面游侠众多。像曹植等人就对游侠生活心向往之。这个时期的诗歌豪迈悲壮，英雄气概中带着几分悲凉，英雄戎马生涯，一腔壮志尽在诗中。

暮年壮心

——《步出夏门行》

艳

云行雨步，超越九江之皋。临观异同，心意怀游豫，不知当复何从？经过至我碣石，心惆怅我东海。

观沧海

东临碣石，以观沧海。水何澹澹，山岛竦峙。树木丛生，百草丰茂。秋风萧瑟，洪波涌起。日月之行，若出其中。星汉灿烂，若出其里。幸甚至哉，歌以咏志。

冬十月

孟冬十月，北风徘徊。天气肃清，繁霜霏霏。鹍鸡晨鸣，鸿雁南飞。鸷鸟潜藏，熊罴窟栖。钱镈停置，农收积场。逆旅整设，以通贾商。幸甚至哉！歌以咏志。

土不同

乡土不同，河朔隆冬。流澌浮漂，舟船行难。锥不入地，蘴藾深奥。水竭不流，冰坚可蹈。士隐者贫，勇侠轻非。心常叹怨，戚戚多悲。幸甚至哉！歌以咏志。

龟虽寿

神龟虽寿，犹有竟时。腾蛇乘雾，终为土灰。老骥伏枥，志在千里。烈士暮年，壮心不已。盈缩之期，不但在天。养怡之福，可得永年。幸甚至哉！歌以咏志。

（三国）曹操

东汉末年，众诸侯逐鹿中原，时局混乱，其中曹操的势力在诸侯争战中逐渐扩张，开始了统一中原的步伐。建安七年，开始征讨盘踞在北方的袁氏势力。建安十年，曹操集中优势兵力大败袁氏，袁尚、袁熙企图借助联合乌桓的力量抗衡曹操，遂率残部逃向乌桓。乌桓是一个生活在我国北方的少数民族，骠勇劲健，善骑射，又名乌丸。《后汉书·乌桓传》上有记载："汉初，匈奴冒顿灭其国，余类保乌桓山，因以为号焉。"乌桓和东汉政权曾互通往来，边塞地区一度和平宁静。及至东汉末年，蹋顿即位，乌桓势力逐步壮大，开始威胁到中原的东汉政权。袁尚、袁熙败逃乌桓，为了彻底消灭袁氏势力，稳定北方边境局势，为以后用兵吴蜀消除后顾之忧，曹操决心远征乌桓。

远征要面对的困难重重，长途跋涉，对人力、物力以及军队的战斗力都是极大的损耗，而对刘表是否会乘虚而入攻取许昌的担忧更是尤为重要。一时间，文臣武将争论不休，极力赞同大军北征的人中以谋士郭嘉为代表，《三国志·郭嘉传》记载："嘉曰：'公虽威震天下，胡恃其远，必不设备。因其无备，卒然击之，可破灭也。且袁绍有恩于民夷，而尚兄弟生存。今四州之民，徒以威服，德施未加，舍而南征，尚因乌丸之资，招其死主之臣，胡人一动，民夷俱应，以生蹋顿之心，成觊觎之计，恐青、冀非己之有也。表，坐谈客耳，自知才不足以御备，重任之则恐不能制，轻任之则备不为用，虽虚国远征，公无忧矣。'"这一番分析中肯透彻，促使曹操最终坚定了北征的决心。由于大军到达无终（今天津蓟县）后，连日的阴雨天气阻碍了行军，曹操不得不放弃了取道山海关的原行军计划。在当地人田畴的带领下，改道徐无山（今河北玉田），穿卢龙塞，跨白檀，过平冈（今河北平泉），直奔乌桓的大本营柳城。在曹操大军到达白狼堆，距柳城仅二百余里时，蹋顿才得知曹军来袭的消息，仓促应战，最终不敌曹军的猛烈攻击，一败涂地，蹋顿被杀。袁氏兄弟被迫继续逃往辽东，企图投靠太守孙康，但因惧怕曹操进攻，孙康不久即取袁氏兄弟首级献于曹操，以示归附。至此，曹操达到了北征乌桓的全部目的，并实际控制了中国北方的大部分地区。

远征乌桓胜利，大军班师凯旋，途经渤海之滨，秋风萧瑟，远方的大海翻涌着惊涛骇浪，曹操登上碣石山心潮澎湃，往事历历，于是写下了这篇流传千古的《步出夏门行》，又称《陇西行》。这是一首乐府古题，属《相和歌·瑟调曲》。"夏门"是汉代对洛阳的一个城门的称呼，古辞仅存"市朝人易，千岁墓平"两句，慨叹人生无常。这首《步出夏门行》，是诗人借古题写时事。诗歌包括《艳》，或称"引子"，以及《观沧海》、《冬十月》、《土不同》、《龟虽寿》四章，共五部分。

《艳》中交代诗歌背景：出征前，南征还是北战，意见不一，有人力主北伐，南征荆州的主张也不在少数，令诗人犹豫不决。今日北伐成功归来，登山眺海，心潮澎湃。由此引出第一章《观沧海》，望文生义，这一章即是描写诗人登上碣石山所见景色：风平，海天相接，岛屿耸立，林木丰茂，尽收眼底；风起，骇浪滔天，浩渺接天，日月星辰，亦犹如翻涌其中。全篇写景开阔逼真，描绘了一幅迷离恍惚的山水画卷，景中含情，展现诗人有如"吞吐宇宙气象"的胸怀，被历代传诵。《冬十月》和《土不同》则是从自然景色和人文风俗两方面分别记录归途见闻。北方十月，寒风凛冽，天寒地冻，鸿雁南飞，禽兽匿迹，田野萧条，农事暂休，河水结冰，舟船难行。有识之士穷困潦倒，剽悍好斗之人随意违背法纪。沈德潜在《古诗源》中评价此章"苍劲萧瑟"。第四章《龟虽寿》总结全篇抒发感慨，人生有限而志无穷，诗人既不受惑于神仙长生之术，又一扫汉末文人"人生苦短，及时行乐"的悲调，深信心态自然亦可延年益寿。诗人以年老的千里马自比，虽形态老迈，心中却仍豪情万丈，劝人应把握有限的生命，积极努力，奋发有为。以曹操的诗歌为代表，在当时形成了一种进取激昂，充满英雄气概的诗歌，诗歌基调慷慨悲凉，沉雄深厚，壮烈遒劲，时称"建安诗"。

边塞繁荣景

——《凉州乐歌二首》

其一

远游武威郡，遥望姑臧城。车马相交错，歌吹日纵横。

其二

路出玉门关，城接龙城坂。但事弦歌乐，谁道山川远。

(北魏) 温子升

边塞诗歌给人留下的印象多离不开战场残酷厮杀、气候寒冷和景色荒凉，恶劣的生存环境下人民生活艰苦异常。而温子升的这两首边塞诗，却丝毫不见悲凉，相反，诗中描写的凉州一派繁荣景象：车水马龙，熙熙攘攘，歌舞升平。诗人这样的描述并不是刻意标新立异，而是有客观依据的。虽然南北朝时期，战乱不休，朝代更迭不断，但自汉代以来陆上与西方的文化交流并未从此中断。凉州所处的河西走廊地区与西方文化交流的陆上交通要塞，来往的东西方商贩不断，因此，凉州的经济文化以及社会总体状况都得到了良好的发展。据《新唐书·地理志》记载，至唐代天宝年间，凉州已有十余万人口。岑参曾作《凉州馆中与诸判官夜集》描写凉州的自然景色和人文风土，诗中同样形象地反映出当时凉州繁华的情景："弯弯月出挂城头，城头月出照凉州。凉州七里十万家，胡人半解弹琵琶。"因此，温子升诗歌中的描述是真实可信的，并成为内地人尤其是江南人认识并了解或者想象西北边塞风情的一个重要依据。

史载，被尊为北魏"国乐"的《西凉乐》，正是由凉州乐舞的代表作《秦汉乐》传入后改名所成。隋朝时期确定的 9 部国乐中有 7 部是经由河西凉州传入的，包括最为著名的《西凉乐》。《旧唐书·音乐志》中对《西凉乐》有"最为娴雅"之评价。凉州乐舞对北魏至唐数百年间宫廷乐舞都有颇深影响。凉州乐舞在继承凉州各民族歌曲舞蹈精髓的基础上，博采中原汉族乐舞、西域(包括印度)乐舞等多种舞蹈的精华，加以融合、变化、提炼，形成了独树一帜的舞蹈风格，凉州及河西地区也借此自前凉至隋唐，在经济发达、社会安定的同时，逐渐发展成一个音乐歌舞之乡。

这首诗为凉州城塑造了一个活跃的、繁华的、富有生机的形象，这在众多的边塞诗中是十分少见的，也是这首诗的可贵之处。与此类似的还有温子升的另一首绝句《敦煌乐》："客从远方来，相随歌且笑。自有敦煌乐，不减安陵调。"安陵位于今陕西咸阳东，在汉代属扶风郡管辖。北魏时期的版图包括敦煌在内，敦煌乐曲经由游人或者军士从遥远的西北边塞传入长安，完全能够被当时的中原人民欣赏和接受，一方面反映了中原文化对西北边塞文化的认同和包容，另一方面，温子升的这两首小诗也如实生动地反映了凉州地区一派文化繁荣的景象。

另外，值得一提的是，"武威"作为丝绸之路上一个相当繁荣昌盛的边塞城市，首次被世人所熟知，正是经由温子升《凉州乐歌》中的介绍，也使这个地名在中国文学史上首次出现在诗歌中。

慨赴国难

——《扶风歌》

朝发广莫门，暮宿丹水山。左手弯繁弱，右手挥龙渊。顾瞻望宫阙，俯仰御飞轩。据鞍长叹息，泪下如流泉。系马长松下，发鞍高岳头。烈烈悲风起，泠泠涧水流。挥手长相谢，哽咽不能言。浮云为我结，归鸟为我旋。去家日已远，安知存与亡？慷慨穷林中，抱膝独摧藏。麋鹿游我前，猿猴戏我侧。资粮既乏尽，薇蕨安可食？揽辔命徒侣，吟啸绝岩中。君子道微矣，夫子固有穷。惟昔李骞期，寄在匈奴庭。忠信反获罪，汉武不见明。我欲竟此曲，此曲悲且长。弃置勿重陈，重陈令人伤。

（西晋）刘琨

刘琨（271—318 年），字越石，中山魏昌（今河北无极）人。据《晋书本传》中记载"少负志气，有纵横之才"。与其好友范阳祖逖俱以雄豪著称，刘琨工于赋诗，颇具文名。光熙元年（306年），东海王司马越派其出任并州刺史，加振威将军，领护匈奴中郎将。建兴三年（315年），被晋愍帝晋为司空，都督并、冀、幽三州军事。西晋时，匈奴、石勒等异族数次犯边，并州、幽州等北部边地战火频频，民不聊生。刘琨率兵在幽并长期抵抗刘聪、石勒的进犯，捍卫边疆安全。

这首诗正是刘琨要离开洛阳赴任并州刺史时所作。洛阳城北门名为广莫门，是前往并州的必经之门。丹水山在今山西晋阳丹朱岭。诗人离家赴边，随身持弓仗剑，带着一去不返、战死沙场的决心，回望洛阳城，满怀诀别伤感之情，几至哽咽而泪流。他也曾在宫阙巍峨、繁华安定的洛阳城里过着诗酒从容、文友会聚的悠游生活。现在国将不国，诗人怀着匡扶晋室的壮志赶赴沙场。"朝发广莫门，暮宿丹水山"两句，诗人用夸张的手法写出行程的紧张，同时也透露出诗人奔赴国难前线的急切。诗歌在抒发诗人抗敌御辱、保家卫国的决心的同时也流露出忧国伤民的情怀，豪情与悲伤交织，感情流露自然真挚，感人肺腑。沈德潜在《古诗源》中用"悲凉酸楚"评价此诗的感情，又用"越石英雄失路，万绪悲凉，故其诗随笔倾吐，哀音无限，读者乌得于语句间求之"评价刘琨的情怀。

赴任后，边疆久经战祸蹂躏的惨状让刘琨触目惊心，并州虽为边，城，实近洛阳的重要地理位置，让他深感责任重大。

刘琨从前过着安逸文雅的生活，善赋诗，通乐理，据《晋书本传》载："在晋阳，尝为胡骑所围数重，城中窘迫无计，琨乃乘月登楼清啸。贼闻之，皆凄然长叹。中夜奏胡笳，贼又流涕嘘唏，有怀土之切。向晓复吹之，贼并弃围而走。"这不仅有助于刘琨乐府诗的创作，更重要的是，有助于对边塞地区少数民族的文化习俗和思想情感的深刻感知并在关键时刻恰当发挥音乐的重要作用。武能御敌，文能退敌，适时引发胡骑思乡之感，功效堪比楚汉相争时期的四面楚歌，刘琨的聪明才智可见一斑。

少年游侠梦

——《代边居行》

少年远京阳，遥遥万里行。陋巷绝人径，茅屋摧山冈。不觌车马迹，但见麋鹿场。长松何落落，丘陇无复行。边地无高木，萧萧多白杨。盛年日月尽，一去万恨长。悠悠世中人，争此锥刀忙。不忆贫贱时，富贵辄相忘。纷纷徒满目，何关慨予伤。不如一亩中，高会把清浆。遇乐便作乐，莫使候朝光。

（南朝）鲍照

鲍照（约 414—466 年），字明远，东海（山东剡县）人，出身低微，因献诗而获刘义庆的赏识前仕途，后出任秣陵令、中书舍人。及至临海王刘子顼镇荆州，鲍照任其前军参军，世称鲍参军。鲍照的诗歌秉承自汉魏以来诗歌创作的现实主义传统，内容主要深刻反映当时的社会生活状况，艺术成就颇高，代表了南朝宋边塞诗创作的最高水平。沈德潜的《古诗源》评价鲍照："明远乐府，如五丁凿山，开人世所未有。后太白往往效之，五言古亦在颜、谢之间。"说他的诗"抗音吐怀，每成亮节。其高处远轶机、云，上追操、植"，赞誉有加。鲍照所作的边塞诗歌中一方面充斥着希冀立功报国的雄心壮志，另一方面也如实记录了底层人民在边塞战争中遭受的苦难。

由当时的历史背景所致，这首诗中所谓的边居，并不是传统边塞诗中所指的北方长城一线，而是作为宋与北魏边界的淮河一带。当时的边地由于北魏不断南下侵扰，战火不断，满目荒凉，边民被迫离乡避难，颠沛奔波。卑贱的出身、坎坷的仕途，使得鲍照充满对现实的愤懑哀怨和对建立功业的渴求。"对案不能食，拔剑四顾长叹息"，无处施展的抱负和武艺，使得诗人心绪郁结，无心饮食。诗人心中充满："骢马金络头，锦带佩吴钩。失意杯酒间，白刃起相仇。追兵一旦至，负剑远行游。"（出自《代结客少年场行》）"十步杀一人，千里不留行"一般的少年意气，良马宝剑的游侠梦，正是受这种游侠气质和边塞情结的驱使，诗人在其边塞诗作中屡次塑造了救危报国的游侠形象。如《拟古诗》之三：

幽并重骑射，少年好驰逐。毡带佩双鞬，象弧插雕

服。兽肥春草短，飞鞚越平陆。朝游雁门上，暮还楼烦

宿。石梁有余劲，惊雀全无目。汉虏方未和，边城屡翻

覆。留我一白羽，将以分虎竹。

　　幽州、并州一带是农业文明与游牧文明的交界，同时也是北方少数民族南下的必经之地，因此作为中原政权的边塞重镇，具有十分重要的战略意义。常年的战乱生活使得边塞一带的风气刚勇尚武，边民多出像曹植《白马篇》中所说的"幽并游侠儿"，个个能骑善射，游猎杀敌。诗中塑造的游侠形象多是意气少年，英姿勃发，武艺高强，在春天草木萌发之际，披精锐装备，驰彪悍战马，在草原上扬起一阵尘烟直奔边塞。"雁门"和"楼烦"两个西北地名，代指边塞沿途城市。在"汉虏方未和，边城屡翻覆"的情况下，却朝发暮至行色匆匆，游侠急赴国难杀敌报国的高大形象跃然纸上。

　　鲍照表达类似情怀的诗篇还有《代陈思王白马篇》：

　　白马骍角弓，鸣鞭乘北风。要途问边急，杂虏入云

中。闭壁自往夏，清野径还冬。侨装多阙绝，旅服少裁

缝。埋身守汉境，沉命对胡封。薄暮塞云起，飞沙被远

松。念悲望两都，楚歌登四墉。丈夫设计误，怀恨逐边

戎。弃别中国爱，要冀胡马功。去来今何道，卑贱生所

钟。但令塞上儿，知我独为雄。

　　《白马篇》最早见于曹植以游侠赴边报国为题材的诗作。吴兢《乐府古题要解》中对此有记载："曹植'白马饰金羁',鲍照'白马骍角弓',沈约'白马紫金鞍',皆言边塞征战之状。"吴兢认为鲍照此诗,明写边塞征战之况,实表自己想要效仿游侠少年立功边塞的志向。边塞告急,游侠毅然驰马赴边,一路上塞云飞度,沙砾飘扬,显出他要保卫边塞,建功报国,实现宏图大志的急切和慷慨。陆时雍在《古诗镜》对鲍照的诗予以极高评价:"扼腕肮脏,是猛男儿语。"鲍照对边塞战事和军旅生活的了解,主要来源于他到过淮河一带两国交界处的见闻,自身并没有从戎经历,然而他在《代出自蓟门行》中对边塞景象和军中生活的描写,却是生动逼真的。吴兢《乐府古题要解》评价说,《代出自蓟门行》"与《从军行》同而兼言燕蓟风物及突骑悍勇之状。"《代出自蓟门行》中也塑造了一位因边塞紧急而奔向沙场的英雄少年,全诗如下:

　　羽檄起边亭,烽火入咸阳。征师屯广武,分兵救朔方。严秋筋竿劲,虏阵精且强。天子按剑怒,使者遥相望。雁行缘石径,鱼贯度飞梁。箫鼓流汉思,旌甲被胡霜。疾风冲塞起,沙砾自飘扬。马毛缩如猬,角弓不可张。时危见臣节,世乱识忠良。投躯报明主,身死为国殇。

　　"咸阳"、"广武"、"朔方"都在北方，是传统的边塞意象，并非实指当时的边界。鲍照以此入诗，意在加深诗歌的边塞特色和历史厚重感，同时也使诗歌更加生动形象。全诗气势豪迈、雄浑悲壮之风范为唐代边塞诗之先音。后世边塞诗作多有效仿，如岑参《白雪歌送武判官归京》中的"将军角弓不得控"借鉴于此处的"角弓不可张"。以"时危见臣节，世乱识忠良。投躯报明主，身死为国殇"四句结尾，点出人物精神境界的高尚，此处与曹植《白马篇》末二句意义相同而韵味有别。鲍照笔下游侠少年的形象，实际也是诗人对自身游侠情怀的寄托，往往出身同诗人一样卑贱，仕途多舛，却不忘怀国事，不消极悲观，反而饱含激情，胸怀英雄气概，读后令人肃然起敬。陆时雍在《古诗源》中评价此诗："棱棱精爽，筋力如开百斛弓。"沈德潜更赞诗人的诗作是："明远能为抗壮之音，颇似孟德。"

　　鲍照的诗作值得重视之处还在于其在魏晋南北朝的边塞诗中是比较少见地以南方边塞为题材的诗作。比较典型的有《代苦热行》：

　　赤阪横西阻，火山赫南威。身热头且痛，鸟坠魂来归。汤泉发云潭，焦烟起石圻。日月有恒昏，雨露未尝晞。丹蛇逾百尺，玄蜂盈十围。含沙射流影，吹蛊病行晖。瘴气昼熏体，菵露夜沾衣。饥猿莫下食，晨禽不敢飞。毒泾尚多死，度泸宁具腓。生躯蹈死地，昌志忘祸机。戈船荣既薄，伏波赏亦微。爵轻君尚惜，士重安可希。

　　此诗记述的是元嘉二十三年（466 年）宋文帝遣交州刺史檀和之与宗悫征讨林邑一事，此役大获全胜。《宋书·蛮夷传》对此事有记载：“林邑屡犯边境，太祖忿其违傲，二十三年，使龙骧将军、交州刺史檀和之伐之。遣太尉府振武将军宗悫受和之节度。”《乐府古题要解》上对《苦寒行》的解读为，北方边塞严寒，故有此题，“备言冰雪谿谷之苦”；以此类推，《苦热行》源于南方边地炎热之故，“备言流金、砾石、火山、炎热之艰难也”。与传统北方边塞题材的诗作相比，鲍照在《代苦热行》中展现了另外一种残酷景象：气候炎热潮湿，多丹蛇玄蜂，蛊虫瘴气，连猿猴鸟雀也难以生存，将士的身心更是备受摧残。不但如此，将士们“生躯蹈死地，昌志登祸机”，克服艰难险阻，保卫边塞安宁，得胜归来所得的犒赏却十分微薄。“戈船荣既战，伏波赏亦微”两句用典，借用晋代顾荣，密设计谋，消灭叛军和汉代伏波将军马援，马援伐交趾得胜，得骆越铜鼓，铸为马式，回京后献给朝廷，不据为己有的史实与今日之事进行类比，表达对朝廷给予檀和之与宗悫的赏赐薄的不满，同时也歌颂檀和之与宗悫精神境界高。关于这两句所用的典故可以在《晋书》本传中找到记载，“荣废桥敛舟于南岸，敏率万余人出，不获济，荣麾以羽扇，其众溃散。”《晋书·顾荣传》载：“荣躬当矢石，为众率先，忠义奋发，忘家为国，立年逋寇，一朝土崩，兵不血刃，荡平六州，勋茂上代，义彰天下。……夫考绩幽明，王教所崇，况若荣者，济难宁国，应天先事，历观古今，未有立功若彼，酬报如此者也。"据《宋书·宗悫传》记载，宗悫与檀和之攻克林邑，"收其异宝杂物，不可胜计。悫一无所取，衣栉萧然"。

　　豪迈的气势，悲壮的风格，形成了整首诗的的边塞特色，体现了积极保国的英雄气概。

战争无情

——《代东武吟》

　　主人且勿喧，贱子歌一言。仆本寒乡士，出身蒙汉恩。始随张校尉，召募到河源。后逐李轻车，追虏出塞垣。密途亘万里，宁岁犹七奔。肌力尽鞍甲，心思历凉温。将军既下世，部曲亦罕存。时事一朝异，孤绩谁复论。少壮辞家去，穷老还入门。腰镰刈葵藿，倚杖牧鸡豚。昔如鞲上鹰，今似槛中猿。徒结千载恨，空负百年怨。弃席思君幄，疲马恋君轩。愿垂晋主惠，不愧田子魂。

（南朝）鲍照

　　整首诗以一个 15 岁出征、80 岁还家、征战边塞数十载的士兵年老归家时的感慨为主题描写了老兵的一生。他本是农家子弟，应召从军，在边塞几十年岁月跟着大军东征西讨，南征北战，数不尽其中的艰辛。诗中的"张校尉"指的是汉代的张骞，他曾历尽千难万险出使西域，奉命到西南边境寻找黄河源头。"李轻车"是指汉代名将李蔡，他因率兵攻打匈奴而功勋卓著。本诗是用张骞和李蔡代指主角老兵，说明他也是南征北战，立下了汗马功劳，年老体衰时解甲归田。这个时候一将功成万骨枯，就连将军也已去世，军中人才凋零，唯有自己还算幸运。可惜，回到家中才发现面目全非，葵藿满院，甚为荒凉。老兵无奈之下以饲养鸡豚勉强维持生计，昔日纵横驰骋边塞的"雄鹰"因英雄迟暮被社会和朝廷遗忘，成了槛囚之"猿"的悲剧性人物。汉代古诗《十五从军征》中的主角也是"十五从军征，八十始得归"的老兵，他回到家中看到的"松柏冢累累"，"兔从狗窦入，雉从梁上飞。中庭生旅谷，井上生旅葵"，与本诗异曲同工，就连杜甫在《兵车行》中所说的"去时里正欲裹头，归来头白还戍边"，"君不见汉家山东二百州，千村万落生荆杞"也是一样的本质。千百年来边塞诗中这类悲剧性的人物形象连绵不绝，他们以不同的面貌给予人们心灵同样的震撼和无奈，同时深刻揭示统治者无谓的边塞战争给士兵、家庭和社会带来的难言痛苦和沉重灾难。

鲍照出身贫寒，更了解下层民众的悲欢离合，因此，他的诗，特别是边塞诗，不仅内容丰富，情感真挚，而且风格多高亢悲壮，能够深刻反映人物形象和内心世界。所谓实践出真知，正因为鲍照亲临边塞，熟悉军中生活，又怀揣建功立业的梦想，因此，他的边塞诗充满激情，感人奋发。

英才世无双

——《咏霍将军北伐诗》

拥旄为汉将，汗马出长城。长城地势险，万里与云平。凉秋八九月，虏骑入幽并。飞狐白日晚，瀚海愁云生。羽书时断绝，刁斗昼夜惊。乘墉挥宝剑，蔽日引高旍。云屯七萃士，鱼丽六郡兵。胡笳关下思，羌笛陇头鸣。骨都先自窘，日逐次亡精。玉门罢斥堠，甲第始修营。位登万庾积，功立百行成。天长地自久，人道有亏盈。未穷激楚乐，已见高台倾。当令麟阁上，千载有雄名！

（南朝）虞羲

这首诗记叙的是汉代将军霍去病北伐匈奴的故事。自汉魏起，边塞诗中开始有了关于长城的描写，陈琳的《饮马长城窟行》中有"长城何连连，连连三千里"的诗句，以描写长城之雄伟衬托修城戍卒的艰辛。而本篇对长城的描写则重在凸显长城的磅礴气势和战地形势的险要，因此着重描写了长城所处崇山峻岭地势之险要。万里长城像巨龙一样蜿蜒起伏于山岭之上，与云天齐平，气势非凡。秋末时节，草深马肥，正是以骑兵为主、善骑射的匈奴人频繁犯边的时期。"飞狐白日晚，瀚海愁云生。羽书时断绝，刁斗昼夜惊"四句，渲染出这个时节汉军将士奉命出征、边塞战事吃紧的紧张气氛。"乘墉挥宝剑，蔽日引高旟。云屯七萃士，鱼丽六郡兵"写汉军将士数量之众，作战之英勇，令匈奴的骨都侯、日逐王惊恐万状魂飞魄散，汉军取得了抗击匈奴的决定性胜利。边塞又恢复了原有的宁静和平，将军班师凯旋，载誉而归，朝廷为嘉奖其战功修建府第。将军功勋卓著，地位显赫，却不幸英年早逝，只在麒麟阁上留下了不朽英名。这首边塞诗，在哀怨凄婉的南朝诗歌中赫然特立，其题材上继鲍照，下开吴均，在各代均属少见，一洗纤靡之习。胡应麟在《诗薮》中称赞此诗"大有建安风骨"。沈德潜在《古诗源》中对此诗也有"不为纤靡之习所囿，居然杰作"的评价。

秦始皇派蒙恬大败匈奴，却匈奴七百余里，北筑长城保边塞安宁，胡人一时不敢南下牧马。但是，随着时间的推移和政权的更迭，北方和西北的边患到汉武帝时期又变得严重了。为确保边地的安全，汉武帝曾先后三次发动对匈奴的大规模战争。在与匈奴的斗争中，涌现了一批令匈奴人闻风丧胆的名将，霍去病将军就是其中一位。在其与匈奴的多次交战中，霍去病长驱两千余里，击败左贤王，建功而还。诗歌首四句写霍将军肩负国家重托，仗节拥旄，率部出征，北伐匈奴，远出长城时的威严场面。将军稳坐高大的汗血宝马背上、拥旄仗节，军威雄壮！"万里与云（一作阴）平"，上承"地势险"，凸显长城气势磅礴，内外地域广漠辽阔的同时，营造出了一种悲壮苍凉的氛围。"凉秋八九月"六句插叙将军师出长城的缘由。秋高气爽，草肥马壮，正是匈奴犯边的频繁季节。敌军的马蹄已经南犯幽、并两州，对西汉边地的安宁构成了严重威胁。飞狐城战旗飘扬云密布，遮盖得天色都格外昏暗；瀚海兵事迭起，阴霾愁绪笼罩边地。"飞狐"，是西汉时边塞地名，大约在今河北蔚县东南一带；"瀚海"，又写作"翰海"，一般认为是指今内蒙古高原一带。诗中所用地名泛指边地，无须坐实细究。"白日晚"、"愁云生"，先以景渲染战事紧急的气氛，用以传达军情的羽书不时断绝，暗写道路已为敌人所阻。白天所用的炊具，到了晚上就用来击之示警，以为昼夜为敌所惊。这一部分，节奏短促，凸显敌人来势之凶猛迅捷，战事之急迫。在这样紧急的形势下，霍将军系国家安危于一己之身，出师长城的责任何其重大！

"乘墉挥宝剑，蔽日引高旒。云屯七萃士，鱼丽六郡兵。胡笳关下思，羌笛陇头鸣。骨都先自詟，日逐次亡精"八句，写出征后的战况，霍将军面临严峻局势却冷静威严，指挥将士御敌从容不迫。宝剑所指之处，升起遮空蔽日的旌旗，勇士良将，争先御敌；巧用兵法布阵，大获全胜。"挥宝剑"三字暗含楚王登城挥太阿宝剑，一朝破解被晋、郑之师围楚三年的困境典故，以楚王作喻，生动刻画了主人公亲临前线指挥作战的主帅形象，同时寓克敌制胜之意。通篇与此类似暗用典故之处众多，遣词谋篇相互照应，用心良苦。如"七萃士"原为周代禁军，此指勇士。"鱼丽"，出自《左传·桓公五年》，是古兵阵名。"六郡"，语出《汉书·地理志》，指汉金城、陇西、天水、安定、北地、上郡六郡，以多出羽林名将著名，这里指出征的军士将精卒勇，锐不可当。"胡笳关下思，羌笛陇头鸣"中"胡笳"、"羌笛"，是边地少数民族乐器。吴均《胡无人行》中"高秋八九月，胡地早风霜"诗句，写征战将士远离中原，北出边关，深入荒漠，听见当地的羌笛一曲，胡笳数声牵动的乡思之情。

将士对国家的忠良气节在恶劣的气候、艰苦的条件映衬下，表现得淋漓尽致。文章文势起伏，荡气回肠，紧张的战事铺叙中，插入"胡笳"两句，对比强烈，动人心弦。在霍将军的指挥下，北伐大获全胜，匈奴人丧精亡魄，丢魂失胆，衬托出霍将军过人的胆威及非凡的军事才能。用词上"胡笳"、"羌笛"，对照"羽书"、"刁斗"，"骨都"、"日逐"呼应"飞狐"、"瀚海"，步步相为映发，颇具美感。

"玉门"至篇终，写的是回师后事。"斥堠"，兵种之一，就是现代的侦察兵。"玉门"四句，形容霍将军屡建功勋后受到国家的优宠。平息了玉门一带的战火，武帝为其建造最好的府第嘉奖霍将军的战功，霍去病以"匈奴未灭，无以家为也"的理由婉拒的故事被传为千古美谈。位尊禄厚"万庾积"，才高望重"百行成"的将军，虽功成名就，却英年早逝，令人扼腕。"高台倾"，指霍去病之死如高楼倾覆。惋惜英才沉郁低回的气氛中，用"当令麟阁上，千载有雄名"两句振起作结，用汉宣帝在麒麟阁画股肱之臣的形貌，署其官爵姓名，以思其美的典故，写出骠骑将军虽英年谢世，但其名雄必将为千古后人所敬慕。情调顿挫跌宕，慷慨激昂，振奋人心。

忧思郁结

——《雨雪曲》

雨雪隔榆溪，从军度陇西。绕阵看狐迹，依山见马蹄。天寒旗彩坏，地暗鼓声低。漫漫愁云起，苍苍别路迷。

(南朝) 江总

《雨雪曲》是乐府诗的一曲横吹曲辞。横吹曲辞最早来源于胡曲，原为军乐。边塞生活是南北朝诗人在创作横吹乐府诗时的传统题材来源，并且这种边塞题材也延续到之后唐代的横吹乐府诗创作中。同时，南北朝时期的诗人在诗歌创作的艺术形式上也形成了一定的范式。同类诗歌，意象也较为特定，如霜雪、飞沙、转蓬、明月、羌笛、箫笳、沙尘、旆旌等开始成为边塞诗的标志。

　　江总现存的征戍诗共有《陇头水二首》、《关山月》、《骢马驱》、《雨雪曲》五首，多以描写边塞之荒僻与离人之忧愁为题材，五首皆为乐府横吹曲辞，其中，以这首《雨雪曲》艺术成就最高。本篇通过对塞外阴沉自然气氛的描写，烘托出远离故土的戍卒身处边陲失落思乡的郁结。首联"雨雪隔榆溪，从军度陇西"破题，交代了创作诗歌的人文和自然背景，在铺垫下文的同时渲染气氛：漫天的雨雪隔断了通往家乡的路，从军的戍卒来到了陇西。"绕阵看狐迹，依山见马蹄"，军队所行附近依稀有野兽出没，山脚下稀疏可见行人的马蹄印，这两句进一步渲染边塞景象的荒凉。诗中"狐"字，使人想起狐死首丘的传说，以此比喻戍边战士渴望叶落归根、思念家乡之情。"天寒旗彩坏，地暗鼓声低"两句借景抒情，情景交融，因天气寒冷，彩旗也失去了颜色，乌云压阵，战鼓也不复高亢的萧条映衬士卒压抑、沉闷的心情。最后"漫漫愁云起，苍苍别路迷"总结全诗，将士卒戍边之苦和思乡之切渲染到极致。地冻天寒，家乡远隔千里，心中不禁愁绪弥漫，眼前茫然再也看不到归乡的路。

离愁相思

——《边城思》

柳黄未吐叶，水绿半含苔。春色边城动，客思故乡来。

（南朝）何逊

　　南朝梁国著名诗人何逊的这首小诗用词凝练，但含义丰富，将边城（即指今天北方的甘肃、宁夏等一带，在当时是靠近国境的城市）冬末初春的景色描写得生动自然，一改过往边城带给人们的荒凉萧瑟之感，反而展示出边城之地的春色盎然和勃勃生机。早春的柳树在吐叶之前树枝先泛鹅黄色，这时候河水中已经生出些许细苔，"未吐"和"半含"传神地描写了春天的含羞带怯。绝句的精妙之处就在精练，诗人不仅观察景物非常细腻，而且精准地把握了冬尽春来的特有物候特征，用最常见的柳树和春水带出边城的春色，引领下文表达的思乡之情。

自从《诗经·小雅》中："昔我往矣，杨柳依依。今我来思，雨雪霏霏。"开始，杨柳和离情相思在我国古典诗词中就结下了不解的情缘，文人墨客多用杨柳寄托离情乡愁。汉代时离别时折柳相赠蔚然成风，"可怜灞桥柳，愁煞离别人"。本诗的新奇之处在于只用杨柳尚未垂下绿丝绦，叶芽未吐之时，表达乡愁无限的情怀。独在异乡身是客的游子总是对时令和景物的变化特别敏感。"忽见边城杨柳色，已觉春色动地来"中"动"字赋予萌动的春意以盎然生机。诗人的敏感来源于客居异地刻骨铭心的乡愁。因此，边城春色越是萌动可爱，诗人的离愁相思就越是凄苦。

这也是一首格调清新自然的佳作，没有边塞诗通常具有的壮阔豪情，但是也让读者领略了另类的边地风情，加上灵动的艺术描写，让人不觉发现了盛唐时期"王孟"田园诗的风姿。

奋勇御敌

——《陇西行》

　　悠悠悬旆旌，知向陇西行。减灶驱前马，衔枚进后兵。
沙飞朝似幕，云起夜疑城。回山时阻路，绝水丞稽程。往
年郅支服，今岁单于平。方欢凯乐盛，飞盖满西京。

（南朝）萧纲

　　萧纲是南朝梁简文帝，擅作宫体诗，诗风繁缛雍容，措辞细致
华丽。这首《陇西行》是诗人少见的边塞题材的诗作，但即使诗风
斐靡如皇帝诗人萧纲，所写的边塞诗也不乏凛凛之气，这或许正是
边塞诗特有的魅力所在。

　　"悠悠悬旆旌，知向陇西行"两句描绘了出征时的盛大场面，

是对《诗经·小雅·出车》中"萧萧马鸣，悠悠旆旌"的化用，转化恰当贴切，吐语从容，描写境界开阔。曹道衡、沈玉成的《南北朝文学史》对此有"气格流宕雄浑，和他的宫体诗如出二人之手"的评价。接下来，"减灶驱前马，衔枚进后兵"两句描写行军。"减灶"用典，出自战国时，孙膑、田忌领兵救援受到魏国侵袭的韩国，逐日减灶以示虚弱，迷惑魏将庞涓，使其惨败于马陵的著名战役。"枚"是古代行军中，禁止军士喧哗的一种军事着装，形似箸，两端有带，可以系于颈上，奔袭时，衔于口中。"沙飞朝似幕，云起夜疑城"两句描写了沙飞似幕，云起如城的景象，准确传神，抓住了边塞的特色。

"回山时阻路，绝水亟稽程"，常有迂回曲折的群山阻碍行军，时有险滩要跋涉，一路上坎坷不断、行军艰难。结尾笔锋一转，描绘了一幅大军凯旋，长安都城车马会聚，摩肩接踵，万众狂欢，一同感受胜利的喜悦的热闹场面。全诗结构紧凑，脉络清晰，语言流畅，朗朗上口，精神风貌昂扬向上，一扫宫体诗的羸弱和先天不足之感。诗人文采斐然、风格多变可见一斑，把他单纯地评价为宫体诗人是有失公允的。

萧纲的《陇西行》共有三首诗作，其一与本篇介绍的主题相似，主要反映当时胡兵寇入，边塞情况紧急，征人勇气无双，赴边杀敌等内容，全诗如下：

边秋胡马肥，云中惊寇入。勇气时无侣，轻兵救边
急。沙平不见虏，嶂岭还相及。出塞岂成歌，经川未遑

汲。乌孙涂更阻，康居路犹涩。月晕抱龙城，星流照马
邑。长安路远书不还，宁知征人独伫立。

　　诗中列举"乌孙"、"康居"、"龙城"、"马邑"等汉代时期
的国名和地名，意在突出征人历尽艰难险阻，转战南北之间。征人
们战斗生活的艰苦可以说是边塞诗写之不尽的永恒主题。

久战沙场

——《度关山》

关山度晓月，剑客远从征。云中出迥阵，天外落奇兵。轮摧偃去节，树倒碍悬旌。沙扬折坂暗，云积榆溪明。马倦时衔草；人疲屡看城。寒陇胡笳涩，空林汉鼓鸣。还听呜咽水，并切断肠声。

（南朝）张正见

陈代诗人所作的边塞诗，数量之多，艺术造诣之高，当属张正见。张正见，字见赜，清河东武城(今山东武城西北)人，曾深得萧纲赏识，任彭泽令，入陈后，累迁尚书度支郎。

开篇"关山度晓月，剑客远从征。云中出迥阵，天外落奇兵"四句，气势宏大，意境开阔。"马倦时衔草，人疲屡看城"两句，上下相对，形神兼备，生动刻画队伍经历激战之后的人疲马乏的状态。陆时雍的《诗镜》对此评价甚高："'马倦'二语，异想特致。"同受世人赞誉的张正见的边塞诗还有《从军行》、《战城南》等。《从军行》一诗见下文：

> 胡兵屯蓟北，汉将起山西。故人轻百战，聊欲定三齐。风前喷画角，云上舞飞梯。雁塞秋声远，龙沙云路迷。燕然自可勒，函谷讵须泥。

起句对仗工整，"风前"四句对战场情形和边塞秋景的描写，意境开阔。而在其所作的《战城南》中，对战斗场面进行了阵、剑、旗、角等多方面的描写："云屯两阵合，剑聚七星明。旗交无复影，角愤有余声"，真实再现了战争的激烈，使人身临其境，感同身受。他在不同的诗作中对同样景物的描述，因选择不同的角度写出来不同的效果，文采可见一斑。如他对战马的描写，《君马黄二首》其一中写征马："风去嘶声远，冰坚度足寒"，战马在冰天雪地里嘶鸣，艰难前行。而《紫骝马》中"似鹿犹依草，如龙欲向空"两句描写了马的柔顺与雄健集于一身，诗句声律整齐，朗朗上口。张正见的边塞诗中被世人传诵的佳句还有"高柳横遥塞，长榆接远天"（《星名从军诗》），刻画出一幅天地苍茫，唯柳与榆横亘其间，风格雄浑、意境苍凉的图画；"徒思裂帛雁，空上望归楼"（《有所思》），深刻表现了久经离别的思妇与征人愁情难解的情景；

"看花忆塞草，对月想边秋"，由眼前物写到远方人，用秋月花草联结征人思妇，表达婉转，意象优柔，颇具美感。

张正见的诗多为边塞题材与游侠题材，题材善用乐府旧题。游侠题材中的代表诗作有《刘生》：

刘生绝名价，豪侠恣游陪。金门四姓聚，绣毂五香来。
尘飞玛瑙勒，酒映砗磲杯。别有追游夜，秋窗向月开。

同期以《刘生》为题著有诗作的诗人还有梁时萧绎、陈代徐陵、陈叔宝、江总等。《乐府诗集》中《乐府解题》有解："刘生不知何代人，齐梁已来为刘生辞者，皆称其任侠豪放，周游王陵三秦之地。或云抱剑专征为符节官，所未详也。"虽为同题诗，每个人的诗作都有各自的特色。张正见笔下的刘生似有失真正的游侠重诚诺，守信义，路见不平，拔刀相助的侠气，更多了些醉心研究玛瑙勒、砗磲杯之类的情趣。

边塞苦寒

——《从军行》

　　长安夜刺闺，胡骑白铜鞮。诏书发陇右，召募取关西。剑悬三尺鞘，铠累七重犀。督军鸣戏鼓，巡夜数更鞞。侵星出柳塞，际晚入榆溪。秦泾含药鸩，晋火逐飞鸡。通泉开地道，望敌竖云梯。阴山日不暮，长城风自凄。弓寒折锦鞬，马冻滑斜蹄。燕旗竿上脆，羌笛管中嘶。登山试下赵，凭轼且平齐。当今函谷上，唯用一丸泥。

（南朝）戴暠

　　南朝梁国著名诗人、文学家戴暠，不同于当时人喜欢雕琢绮丽的诗风，擅长边塞诗，常常能用别具特色的写景状物体现自己卓越的观察力和想象力。这首《从军行》用"阴山日不暮，长城风自凄。弓寒折锦鞬，马冻滑斜蹄。燕旗竿上脆，羌笛管中嘶"，寥寥几句就让边塞冷酷无情的风雪跃然纸上，令人称绝。"长城"引领的诗句把边塞的风与长城紧密连接起来，显得生动形象。"弓寒"引领的诗句不免让人联想起岑参《白雪歌》中的"将军角弓不得控"，作者用"马冻"引领的诗句把路上结冰马蹄打滑的细节表现得淋漓尽致，后世王勃的"马冻蹄皆裂"大概也是受此句的启发，却没有戴句诗作中"斜"字描写马蹄滑动那样传神。"燕旗"引领的诗句说旌旗都因为湿冻变得脆弱易折，有人认为岑参的"风掣红旗冻不翻"可能也是受到这句的启发。

本诗把边塞景物描写得十分逼真，让我们眼前浮现出一幅边塞苦寒图，风雪交加，天昏地暗，寒冷的天气让人们的活动受到诸多限制，弓难弯，马难骑，人们唯有无奈地听着羌管声声。通过这首诗可以想见在甘肃苦寒之地生活的人们，冬天的生活如何艰辛困苦，更不用提守边士兵的惨状了。

思妇悲秋

——《捣衣诗》

行役滞风波，游人淹不归。

亭皋木叶下，陇首秋云飞。

寒园夕鸟集，思牖草虫悲。

嗟矣当春服，安见御冬衣？

（南朝）柳恽

　　柳恽是南朝齐梁年间的著名诗人，字文畅，河东解（今山西运城）人，出身官宦世家，其父官至尚书令。他本人因齐末梁武帝萧衍起兵而发迹，官至吴兴太守，因"为政清静"，广受好评。柳恽的诗一般体裁有限，胜在诗风清新流丽，情调自然健康。他的诗，虽然反映的生活面比较狭窄，但诗风清新流丽，情调也比较健康，在当时诗坛上占有一定地位。有集 12 卷，今已佚。严可均《全上古三代秦汉三国六朝文》辑其文 1 篇，逯钦立《先秦汉魏晋南北朝诗》辑其诗 18 首。他的代表作《江南曲》以"汀洲采白苹，日落江南春"闻名后世。这首《捣衣诗》是他的少年成名之作，同赋闺怨，"亭皋木叶下，陇首秋云飞"乃是不可多得的佳句。由于古人裁制寒衣前通常需要将纨素等衣料放在砧石上，用木杵捶捣，可保持衣物的平整柔软。因此捣衣劳动，是最易触发思妇情怀的，这也是捣衣诗常常被作为闺怨诗异名的原因。南北朝时期由于战争频发，这类诗数量颇多，比如谢惠连的《捣衣诗》"檐高砧响发，楹长杵声哀。微芳起两袖，轻汗染双题（额）"受到后世的称赞，古代捣衣的情景在其中活灵活现。

捣衣是为了裁缝寄远。所以本诗开头从对行人淹留不归的感叹写起，"行役滞风波，游人淹不归"反映了古代交通不便，在南方多水地区，风波之险常常阻碍游子滞留不归。女主角想象丈夫因风波之阻久久不归，反映了特定的地域色彩。"滞"和"淹"形象地表现了游子外出时间之久与思妇盼归之切的对比，前者强调的是客观条件的阻碍，后者的重心放在思妇内心的感受，从不同角度和不同侧面叙述同一个话题。

深秋与愁思总是难舍难分，三四两句渲染深秋景色。无论是思妇捣衣过程所见的江南深秋，还是思妇心中所想之象，无不表达着思妇怨深秋的愁苦。"木叶下"源于《楚辞·九歌·湘夫人》中"袅袅兮秋风，洞庭波兮木叶下"，用来表达深秋季节急盼游人归的"目眇眇兮愁予"。陇首，就是陇头，作为一种意象，在南北朝诗赋中常与游子的飘荡有关，这里指游人滞留之地，也泛指北方边塞之地。思妇看到"亭皋木叶下"的江南深秋景象，难免想到丈夫所在的陇首，这时候应该也是深秋时节了，即使是想象，也饱含着思念与体贴。"秋云飞"，不仅说明了时令，还象征了游子的飘荡不定。上下两句，一南一北，一男一女，一实一虚，对仗工整，形象鲜明，意象丰富，内涵深远，能引发我们无尽的联想。看似单纯写景，实则满含思妇悲秋之情，情在文中寓，意在悲中凉，境在诗中阔。《梁书》在作者的本传中评论道："恽少工篇什，为诗云：'亭皋木叶下，陇首秋云飞'，王元长（融）见而嗟赏。"由此可见这首诗在当时已经是警语佳句了。

接下来的两句又由远及近："寒园夕鸟集，思牖草虫悲。"用呈现深秋萧瑟寒景的园圃作为晚归的鸟儿的聚集栖宿之地；秋蝉在思妇的窗户下断断续续地悲鸣。"寒"不止说明秋令，也传出思妇哀伤的心态；连倦鸟都归了巢，游人还未归家；秋虫都开始了悲鸣，似乎叫的就是思妇内心的悲伤。视觉和听觉无不充斥着思妇的悲凉愁苦。

"嗟矣当春服，安见御冬衣"是思妇的内心独白，眼下已深秋，马上就要裁就寒衣，等我寄到千里之外的陇首塞北时，那里已经春回，我寄去御寒的冬衣又有什么用呢？不仅强调了南北两地距离之遥，也把思妇对丈夫的体贴与关切、深情与蜜意展现得更加充分。

虽然这首诗以"捣衣"为名，但是没有关于捣衣劳动的具体描绘，除了结尾略点寄衣外，貌似其他六句都已经偏离捣衣的本题，但实际上却从首联就揭出游人淹滞远方的背景，以捣衣为由，通过捣衣时的所见、所想、所感切合题目，抒写了捣衣的女子对丈夫的思念和体贴，可谓是意境空灵，更富抒情。

遥望秦川

——《陇头歌辞》

其一

陇头流水，流离山下。念吾一身，飘然旷野。

其二

朝发欣城，暮宿陇头。寒不能语，舌卷入喉。

其三

陇头流水，鸣声幽咽。遥望秦川，心肝断绝。

北朝乐府民歌

这三首《陇头歌辞》是《乐府诗集》中《梁鼓角横吹曲》之一，以叙写游子长期漂泊在外的苦闷心情为主题。

关中地区四面环山，东有华山、崤山为屏障，西靠陇山，南横终南山、秦岭，北有黄龙山、尧山分卧洛水东西，嵯峨山、九嵏山耸立泾水两岸。其中陇山又名陇坂、陇坻，绵亘于陕西、甘肃二省边境，划分渭河平原与陇西高原，山势险峻，山路崎岖，古人有"其坂九回"之称，是进出关中和塞外的必经之地。游子出塞，登上艰危苦寒的陇山顶，回望故里，长安城富丽繁华，平原沃野千里从此都被此山阻隔，就像山上蜿蜒的陇水，分流东西，心中涌起不可名状的凄凉和悲壮。因此，陇头之水常象征游子愁思，路经此处的行旅无不徘徊瞻顾，涌起悲思。历代流传的咏诵陇水的诗篇不下千余首，北朝乐府民歌中的这三首《陇头歌辞》以不事华丽雕琢，情真意切，朴素动人之风令游子动容、思妇忍泣，最为著名。

乡关之思

——《燕歌行》

初春丽景莺欲娇,桃花流水没河桥。蔷薇花开百重叶,杨柳拂地数千条。

陇西将军号都护,楼兰校尉称嫖姚。自从昔别春燕分,经年一去不相闻。

无复汉地关山月,唯有汉北苏城云。淮南桂中明月影,流黄机上织成文。

充国行军屡筑营,阳史讨虏陷平城。城下风多能却阵,沙中雪浅讵停兵。

属国小妇犹年少,羽林轻骑数征行。遥闻陌上采桑曲,犹胜边地胡笳声。

胡笳向暮使人泣，长望闺中空伫立。桃花落地杏花
舒，桐生井底寒叶疎。

试为来看林上雁，应有遥寄陇头书。

(北朝) 王褒

《燕歌行》是乐府古题，属于《相和歌》中的《平调曲》之
一，这个曲调最早见于曹丕写妇女秋思的两首诗作，因此据说由曹
丕开创，后人用《燕歌行》曲调所作的诗歌，也多效仿曹丕的这两
首作闺怨题材。

王褒的这首《燕歌行》，闺怨的对象是西北边塞戍边的战士，
虽同样也是仿曹丕《燕歌行》所作，却成功地将闺怨相思与边塞苦
寒融合在了一起。诗歌开头极力渲染春光明媚、色彩浓艳，为后面
描写闺妇的思怨作了铺垫，人在闺中，情思早已随征人越过陇西、
楼兰、关山、汉北，到了西北的边关要塞之中。眼前春光愈好，对
西北戍边征人的思念愈强烈，盼鸿雁传书盼得望眼欲穿，同样手法
的诗歌还有庾信的《春赋》。诗歌用典多而不滥，恰到好处，语句
精练，文采斐然，换韵自然，朗朗上口，极尽流畅之美。

其中，诗歌中画面在思妇与征人间交叉转换，形成对比，如现
代影视剧场景转换一般的描写手法，精妙自然，深受后世推崇，以
唐代诗人所受影响最深，如高适也曾作《燕歌行》一首，基本借鉴
了王褒的这种手法"铁衣远戍辛勤久，玉筋应啼别离后。少妇城南
欲断肠，征人蓟北空回首"。

另外，这首诗由于基调悲凉，所诉征人的境遇艰辛，思妇的情感凄婉，被认为是梁亡的谶语之作。如《周书·王褒传》有记载："及大军征江陵，元帝授褒都督城西诸军马。褒本以文雅见知，一旦委以总戎，深自勉励，尽忠勤之节。后江陵失陷，被俘至长安，褒曾作《燕歌行》，妙尽关塞寒苦之状，元帝及诸文士并和之，而竟为凄切之词。后元帝出降，褒与众方出，至此方验。"

边将连年征战相应得不到公正待遇的问题也在王褒的边塞诗中有所体现，如《墙上难为趋》中有诗句"廷尉十年不得调，将军百战未封侯"，这应该是后来唐代边塞诗中"封侯"的起源。

当然，边塞风景描写较为空泛，对于思妇心理的揣摩也无甚新意，只是离愁别绪的泛泛之语等也是此诗与唐人闺怨诗相比之下的不足之处，但总体来说，这首诗对仗工整，音调婉转，节奏流畅，作为一首文学史上的七言歌行也值得一读。

庾信与王褒所生活的时期差不多相同，也曾作有一首《燕歌行》：

代北云气昼昏昏，千里飞蓬无复根。寒雁嗈嗈渡辽水，桑叶纷纷落蓟门。晋阳山头无箭竹，疏勒城中乏水源。属国征戍久离居，阳关音信绝能疏。原得鲁连飞一箭，持寄思归燕将书。渡辽本自有将军，寒风萧萧生水纹。妾惊甘泉足烽火，君讶渔阳少阵云。自从将军出细柳，荡子空床难独守。盘龙明镜饷秦嘉，辟恶生香寄韩寿。春分燕来能几日，二月蚕眠不复久。洛阳游丝百丈连，黄河春冰千片穿。桃花颜色好如马，榆荚新开巧似钱。蒲桃一杯千日醉，无事九转学神仙。定取金丹作几服，能令华表得千年。

　　这首七言歌行分为前后两部分，分别写士卒征战塞外被围困的境况和闺妇挂念征人的思念之情。"代北云气昼昏昏，千里飞蓬无复根。寒雁嗷嗷渡辽水，桑叶纷纷落蓟门。"边塞要冲，云雾蔽日，桑叶飘零，无根的飞蓬飘飘覆盖千里，寒雁哀鸣着飞过辽水，这四句渲染出边塞浓郁的战斗气氛，给人以荒凉肃杀之感。在紧张残酷的战争中，征人仍十分惦念家人，希望能以家书安慰妻子的相思之苦。诗的后半部分画面转向苦苦守在家中盼望归人的思妇，因为对久戍不归的丈夫的无限挂念，任凭冬去春来，春景迷人，也无心观赏。这首诗写景生动，别具情致，抒情细腻，哀怨婉转。诗中"桃花落地杏花舒，桐生井底寒叶疏"之句，写得景色生动活泼，比喻新颖别致，艺术品位堪比唐人，更胜王褒的同题歌行。刘熙载所著《艺概·诗概》中评价这首《燕歌行》为"开唐初七古"。

草原赞歌
——《敕勒歌》

　　敕勒川，阴山下，天似穹庐，笼盖四野。天苍苍，
野茫茫，风吹草低见牛羊。

北朝乐府诗集

　　敕勒是古代生活在中国北方的一个少数民族部落，今天的维吾
尔族就有敕勒人后裔的血脉。北朝时期，敕勒族的主要生活范围大
概在今天的内蒙古大草原一带。这首诗是当时敕勒人所唱的牧歌，
也是一首草原赞歌。

　　敕勒川，泛指当时敕勒人聚居地区的河川，是敕勒人赖以生存
的生命之川。阴山，西起河套，东连大小兴安岭，横贯内蒙古高

原，绵亘千里，又名大青山。诗歌从气势磅礴的阴山写起，作为全诗描绘景象的背景，气象开阔。草原景观单纯而豪迈，天高地阔，不似江南山水的细腻和曲折，因此全诗基调粗豪，且其间充满了游牧民族特有的自豪感——逐水草迁徙，茫茫无际的草原，随处可安家，辽阔的天宇从四面八方笼罩下来，形成了一个敕勒人共同居住的其大无比的蒙古包。这是游牧民族的天堂，是敕勒人引以为傲的家乡。

在现代歌曲中，也有粗放豪迈的草原歌，如《蓝蓝的天上白云飘》："蓝蓝的天上白云飘，白云下面马儿跑。挥动鞭儿响四方，百鸟齐飞翔。要是有人来问我，这是什么地方？我就骄傲地告诉他，这是我们的家乡……"意境与此相仿。

"天似穹庐，笼盖四野"后紧承"天苍苍，野茫茫"，烘托"天"、"野"，渲染自然，同时先画远景，亦可作为后画近景的背景，"风吹草低见牛羊"，微风吹弯了牧草，现出成群的牛羊，画面开阔而生动，是画龙点睛之笔。诗句并不直接描写畜牧成群，而是让牛羊自然现于"风吹草低"处，刻画生动且留有余地，"景愈藏，境愈大"。诗句中的"见"字，一说为通假，读作"现"，其实两读皆可，各有解读。读作"见"，乃有我之境；读作"现"，乃无我之境。历来对于此字的解读，以后者居多，王国维在《人间词话》中认为，此处解读为无我之境更佳。

文明的发展是一个新旧更替的过程，但是失去的、被替代的往往更容易被留恋和怀念。童年的欢乐到了成年反而更容易被深刻体会和追忆，生活在繁华都市的人们，也会向往原始文明的单纯和平静。《敕勒歌》对自然风光、原始游牧生活的赞美，很容易唤起现代人对古老和单纯的神往。

据史书记载，《敕勒歌》原文为鲜卑语。公元546年，东、西两魏政权交战，东魏损失惨重，军心涣散，为振奋士气，主帅高欢遂命大将斛律金在宴会上唱此歌。据传，斛律金是敕勒族人，通晓鲜卑语，或许就是《敕勒歌》的译者。诗歌经过两重的翻译和传唱、整理，流传下了这首汉语诗歌中的上乘之作。元好问在《论诗绝句》中评价说："慷慨歌谣绝不传，穹庐一曲本天然。中州万古英雄气，也到阴山敕勒川。"诗中评价中原汉诗语言充实质朴、诗风豪迈刚健，认为向来只知建安左思有此风骨，在另一方面也肯定了此诗的艺术水平堪比汉诗佳作。

壮志豪情
——《壮士篇》

　　天地相震荡，回薄不知穷。人物禀常格，有始必有终。
年时俯仰过，功名宜速崇。壮士怀愤激，安能守虚冲？乘我
大宛马，抚我繁弱弓。长剑横九野，高冠拂玄穹。慷慨成素
霓，啸吒起清风。震响骇八荒，奋威曜四戎。濯鳞沧海畔，
驰骋大漠中。独步圣明世，四海称英雄。

　　　　　　　　　　　　　　　　　　　　（西晋）张华

　　这首诗的作者张华，字茂先，范阳方城（今河北固安县南）
人，生于西晋，多以文士的面目出现，博闻强记，诗作讲究辞藻
华美，可惜格调却平缓少变化，因此成就不显，但著有《博物志》

十卷，名闻天下。虽然他在文学史上多以学者、诗人的面貌出现，但是也有从军的阅历。张华曾任太常博士、黄门侍郎，出塞到幽州任过都督，担任乌桓校尉、安北将军等，曾经长期在边塞生活。因此，张华的诗作中有少数颇具豪壮之气的作品，《壮士篇》是其中的代表作。

《壮士篇》全诗共 20 句，4 句一节，可分为 5 节。第一节首先从天地宇宙的永恒运动出发，说明世间万物都受自然规律支配，生死相随，始终如一。天地运动"不知穷"，人物生长"必有终"，作者提出了人们必须面对的无限与有限的矛盾，并告诉我们要妥善处理这个矛盾。首言天地轮回是魏晋名士的习惯，因当时盛行谈玄之风，动辄谈哲学，论天地。第二节中的"年时俯仰过，功名宜速崇。壮士怀愤激，安能守虚冲"从青春易逝，告诉我们建功立业要趁早，是壮士就应该心怀愤激之情，不能甘于恬淡无为的生活状态。这是诗人积极进取的人生态度的写照，他认为壮士会发现时不我待，要及时努力，才不枉此生，站在了当时盛行的老庄"守虚冲"的人生哲学的对立面。

第三节用"乘我大宛马，抚我繁弱弓"描写了壮士的具体行为，乘马赋弓，都用第一人称让作者的豪迈自得力透纸背。"长剑横九野，高冠拂玄穹"是说长剑可至九野之外，高冠可触苍穹之上，虽然有些夸张，却突出了壮士的英武非常和直冲云霄的壮志豪情。至此，壮士已经做好了驰骋疆场、杀敌立功的准备。第四节写的是壮士参加战斗的英武。"慷慨成素霓，啸吒起清风"，暗用荆轲的故事比喻壮士，展示出壮士赴死抗敌的高亢斗志。"震响骇八荒，奋威曜四戎"，用八荒、四戎泛指周围的敌国，烘托了壮士耀武扬威，震慑敌国的英武异常。最后一节用"濯鳞沧海畔，驰骋大漠中"描写壮士的功成名就。"濯鳞"指的是像鱼一样在水中遨游，阮瑀在《为曹公与孙权书》中用了"濯鳞清流，飞翼天衢"表现远大期许，本诗中的"濯鳞沧海"、"驰骋大漠"也因此指壮士自东向西打遍天下无敌手的英武。下句"独步圣明世，四海称英雄"中的"独步"表明壮士天下无敌，人人赞颂的伟大。

张华的这首乐府诗，极尽辞藻华美铺张，重视修辞，像"乘我大宛马"以下十句全是对偶，凸显了乐府体与古诗的差别，也说明西晋以后的文学家与之前相比更注重形式美。这首诗不仅表现了壮士的英姿豪气，也借此抒发了自己的胸襟、抱负，豪放的诗风有别于作者其他诗歌作品。钟嵘在《诗品》中评价张华的诗"儿女情多，风云气少"，但是这首《壮士篇》却让这个普遍认为中肯的评价显得片面。而且这首作品的诗风在日趋轻靡的西晋非常罕见，想是边塞题材给了作者另辟蹊径的机会。

辑三

波澜壮阔的军旅及边关——隋唐

王昌龄曾有《从军行》云："青海长云暗雪山，
孤城遥望玉门关。黄沙百战穿金甲，不破楼兰终不
还。"千百年来，总是循环着一个定律——兴，百姓
苦；亡，百姓苦。这也是很多边塞诗的主旨，表达一
种对家国的认识和对百姓的同情。

宜人景色
——《临渭源》

西征乃届此，山路亦悠悠。地干纪灵异，同穴吐洪流。滥觞何足拟，浮槎难可俦。惊波鸣洞石，澄岸泻岩楼。滔滔下狄县，淼淼肆神州。长林啸白兽，云径想青牛。风归花叶散，日举烟雾收。直为求人隐，非穷辙迹游。

（隋）杨广

杨广，即隋炀帝，大业五年（609 年）曾西巡河西以便经营西域，这首诗是他西巡途中经陇西郡渭源县城观赏鸟鼠山时所作。隋炀帝于当年三月自长安出发，一路沿渭水西行，出萧关，经陇山、天水、陇西，到达渭源时值四月初六。渭源县有人口万余，人家五千余户。炀帝留宿渭源。次日，摆驾县城东南的鸟鼠山游览。

《山海经》中记载："鸟鼠同穴山，渭水出焉。"可见鸟鼠山闻名已久，是中国古代文献记载最早的名山之一，山上奇峰烟锁，禹洞风生。渭水出于龙王沟脑，山间盆地面南背北，靠着一片有断裂罅隙的断崖。裂罅之中，一股激流喷涌而出，还未走近，就听到风吼水腾之声萦绕山中，及至沟里，眼前崖深不见底，崖间泄珠涌玉，水雾迷蒙，古木葱茏。

边塞荒凉之地竟有如此宜人景色，令隋炀帝惊喜，欣然写下题为《临渭源》诗作一首，描绘出渭源鸟鼠山清新幽雅的自然风光。"长林啸白兽，云径想青牛。风归花叶散，日举雾烟收。"深林中隐约传出虎啸，云雾中曲径时隐时现，不禁使人想起曾在此隐居的青牛道士封衡。仙人已去，遗踪犹存，落花随风飘落，阳光驱散薄雾，景致清幽而散漫，千年不变。炀帝在鸟鼠山饱游三日，尤其喜欢山中陇水，在诗中以"惊波鸣涧石，澄岸泻岩楼。滔滔下狄县，淼淼肆神州"的诗句对陇水极尽赞美之辞。作为一个皇帝，隋炀帝杨广在历史上名声不佳，但他的文采却使他在中国文学史上占有一席之地，从这首《临渭源》来看，绘景于情，笔触清新，格调高雅，一扫未到过边地之人对塞外景致的苦寒想象，描绘出一幅山路崎岖，渭水东流，两岸风景秀丽的塞外江南的画面，让人流连忘返，堪称唐前诗歌的上乘之作。

器宇轩昂

——《出塞》

　　上将三略远，元戎九命尊。缅怀古人节，思酬明主恩。山西多勇气，塞北有游魂。扬桴上陇坂，勒骑下平原。誓将绝沙漠，悠然去玉门。轻赍不遑舍，惊策骛戎轩。凛凛边风急，萧萧征马烦。雪暗天山道，冰塞交河源。雾锋暗天色，霜旗冻不翻。耿介倚长剑，日落风尘昏。

（隋）虞世基

　　隋朝名臣杨素曾作有《出塞二首》，一时名士薛道衡、虞世基均有和诗，本诗为虞世基唱和与杨素之作的第二首。

　　"上将三略远，元戎九命尊。缅怀古人节，思酬明主恩"四句赞美主帅的文韬武略和遥慕古人建功立业，开边拓地以报封官授爵之君恩的志节。"山西多勇气，塞北有游魂。"古语说"山东出相，山西出将"，山西即太行山以西一带自古多出良将勇士。相比之下，塞北的敌人就像飘落穷沙的孤魂野鬼一般无家可归，未战而已判强弱胜负。"扬桴上陇坂，勒骑下平原。誓将绝沙漠，悠然去玉门。"大军遂浩荡西进，军士们扬起如林的鼓槌，登上山坡，骑着飞驰的宝马，冲下平原，转瞬抵达玉门关头，军前誓师，决心将胡虏彻底驱逐出这片大漠。坂，意为山坡，陇坂是陇西，即今甘肃东部一带的一座山坡。这一层次交代了出塞的因由和过程。

　　本诗的第二层描绘了一幅壮观的出塞图，详细记述了出塞后的种种情况，描写生动逼真，真实再现了大军出塞的盛况，是全诗最精彩的部分。"轻赍不遑舍，惊策骛戎轩"，兵士们轻装疾进，行色匆匆间无暇宿营；挥动马鞭，驾着战车奔驰如飞。"凛凛边风急，萧萧征马烦"，边塞的劲风凛凛，征马萧萧斯鸣，两个叠词形容贴切，对仗工整。四句勾勒出一幅将士们顶着寒冷彻骨的狂风疾进的艰辛画面。"雪暗天山道，冰塞交河源"是全诗最精彩的一句，塞外雪势之大，天气之阴霾，已遮天蔽日，分辨不出东西，看不到脚下的天山大道，塞外的厚冰凝成巨块，堵塞河源，交叉流经的河水都停滞不前。这两句笔力雄健，境界雄浑，景象雄伟。"雾锋暗天色，霜旗冻不翻。"早晨，浓密的朝雾将连营烽火裹得严严实实，黯然无光；入夜，严寒一到，露水冻成冰，结满厚霜的旌旗直挺挺地张着，凛冽的寒风也吹不动。"冻不翻"三字是神来之笔，描写真实而富有超凡雄奇的想象力，生动逼真，令人拍案叫绝。"耿介倚长剑，日落风尘昏"，最后，一位戎装的军人在大漠薄暮下，依剑而立，神色坚毅而肃穆，眼前浮现的不是落日苍凉，风尘昏暗，而是大军凯旋，捷报频传，将士勤于王事的耿耿忠心、百折不回可见一斑。

本诗诗人才华卓绝，运思高超，虽是乐府拟作，但读来仍觉精彩纷呈，从字里行间透出一股壮气，本诗可以称得上是一首大气磅礴的力作。这首诗中对于建功立业的雄心、轻视敌寇的乐观以及道途行军艰辛的描写，都对后来盛唐边塞诗产生很大影响，甚至其佳句也多被化用。如王昌龄《从军行》中的"青海长云暗雪山"、"大漠风尘日色昏"，岑参的《白雪歌送武判官归京》中"去时雪满天山路"、"风掣红旗冻不翻"等千年来为人所激赏不置的名句，都可以在本诗中找到被临摹的原句，作者虞世基的旷世之才可见一斑。

虞世基的另一首《出塞》也堪称风采卓越之精品：

穷秋塞草腓，塞外胡尘飞。征兵广武至，候骑阴山归。庙堂千里策，将军百战威。辕门临玉帐，大旆指金微。摧枯无劲敌，应变有先机。衔枚压晓阵，卷甲解朝围。翰海波澜静，王庭氛雾晞。鼓声严朔气，原野暗寒晖。勋庸震边服，歌吹入京畿。待拜长平阪，鸣驺入礼闱。

写景细腻而不失大气磅礴，生动刻画出雄浑壮阔的边塞风光，真可与盛唐诗歌比肩。

苦闷忧愁

——《幽州夜饮》

凉风吹夜雨，萧瑟动寒林。正有高堂宴，能忘迟暮心？军中宜剑舞，塞上重笳音。不作边城将，谁知恩遇深！

(唐)张说

诗人张说，曾为中书令，据《新唐书·张说传》记载，因与姚崇不和，屡次左迁降职，后以右羽林将军检校幽州都督，以幽州范阳郡设都櫻府，大概就是今天的河北蓟县一带。这首诗就作于诗人被遣幽州都督府之时。诗中以描写边城夜宴凄凉悲壮之情景，抒发诗人内心对遣赴边地的愁闷。

全诗紧扣"夜饮"二字，写景和抒情围绕这一中心逐步展开。

开篇以描写"夜饮"环境切入，"凉风吹夜雨，萧瑟动寒林"，幽州边城秋深风凉的夜晚，风雨声中夹杂着一片凄凉动人的萧瑟之声，在这寂静的夜里传得极远。寥寥两句即勾勒出了一幅荒寒的边地夜景。"萧瑟动寒林"是宋玉《九辩》中："悲哉秋之为气也，萧瑟兮草木摇落而变衰"转化而来，诗作开篇极力渲染悲凉的氛围，为抒发诗人愁闷的心绪做铺垫。"夜饮"的目的是为了驱除愁苦，在这恶劣环境中带来一丝温暖，浇平胸中的块垒。这两句可以说为"夜饮"描绘了一片哀愁的背景。

"正有高堂宴，能忘迟暮心？"紧接一、二句，自然转入到宴会，抒发作者的感叹。自己的衰老和内心的悲伤并没有因为这风雨交加、寒冷夜晚中在这高敞的厅堂的夜饮筵席而忘怀。诗人内心的郁结之气由此句曲折地流露了出来。这种迟暮衰老的感伤，因为长期身处边地变得更加强烈，即使面对这样的"夜饮"，内心的悲苦依旧盘踞胸次，挥之不去，无法排遣。"迟暮"二字是对屈原《离骚》中："惟草木之零落兮，恐美人之迟暮"的化用，借以深沉、委婉地表达诗人的心意。

第三联中，宴会逐渐走向高潮，诗人的情绪也由第一、二联的低沉、悲抑慢慢转向振奋，不再在痛苦中徘徊，诗情也随之有了亮色："军中宜剑舞，塞上重笳音。"宴会之间，军士们矫健刚劲的舞剑之姿，慷慨雄伟的气魄，令人虽处荒寒之地，尤能热血沸腾，为之感奋。舞剑是古代军中宴会助兴、增加欢乐气氛的常见节目，在《史记·项羽本纪》中，项庄说："军中无以为乐，请以剑舞。""宜"字，表现出诗人沉浸在对剑舞的欣赏和剑舞所带来的欢乐气氛中。但将士们紧接着就被呜咽的胡笳声所惊醒，重新忆起心中的悲凉，诗人的心情也随之沉重起来。诗情稍有亮色之后又忽转黯淡，跌宕起伏中表现出塞悲凉，诗人长期饱受远戍之苦、迟暮之感等心灵上的沉重负担，显露出诗人难以平息的滚滚思潮。

"不作边城将，谁知恩遇深"这一结尾颇有些出人意外，也是全篇的点睛之笔。诗作没有像一般的边塞思想题材的诗，以抒发乡思离情或远戍悲苦作结尾，而是一扫前面的愁苦，似以在边城做将为乐，从而感激皇上派遣的深恩。这看似不合常理的结尾，恰恰有它最合理合情的地方，全诗通篇渲染迟暮之年仍久戍边地的苦闷，这看似谢恩、以此为乐的豁达之语实际上完全是由上面逼出来的愤激之语，暗含着作者对朝廷的满腹牢骚，这最后一联看似感激而实含怨怼，使得思想上的强烈愤慨和深沉的痛苦像河水决堤似地喷涌而出，掷地有声。清人姚范就在《唐宋诗举要》引中对此评价为"托意深婉"。可谓"得骚人之绪"。其中寄寓的悲愤，与首联描写的悲苦的边塞荒寒之景恰成对照，全诗以景起，以情结，首尾照应，相得益彰，耐人咀嚼。

诗歌语言上带有边塞诗特有的刚健质朴，同时诗人遣词用字也十分精切，每一句都经过认真锤炼，而又写得自然随意，恰到好处。

将军出紫塞

——《战城南》

将军出紫塞，冒顿在乌贪。笳喧雁门北，阵翼龙城南。

雕弓夜宛转，铁骑晓参驔。应须驻白日，为待战方酣。

(唐) 卢照邻

　　唐代是中国古代经济文化发展的全盛时期，人们对战争的观念也不是消极的，多数人都渴望征战沙场，建功立业。而西北边疆少数民族和中原汉民族政权之间的斗争，从未停息。突厥、吐蕃等是唐高宗时代西北边疆战事的主要对手，很多人以诗文借汉事表达渴望建功立业的思想和爱国热情。卢照邻这首《战城南》就是其中之一。本诗充满豪情和雄壮之气，是一首催人奋进的战歌。

　　"将军出紫塞,冒顿在乌贪"两句开篇首先交代了交战的双方和交战的地理背景。西汉初年,单于冒顿能征善战,杀父自立,先后击败东胡、月支、丁零等少数民族,势力强盛,入侵中原并不时南下侵扰,严重威胁中原西汉政权。"笳喧雁门北,阵翼龙城南",面对猖狂的敌人,汉军在将军的指挥下正面迎击,侧面包围,奋起抗敌,两翼的战阵已达甘肃边塞前沿,誓要直捣敌巢。"雕弓夜宛转,铁骑晓参驔",抗敌将士夜不释弓,晨不离鞍,随时准备飞矢跃马,上阵杀敌。气氛紧张中又透着从容,"宛转""参驔",恰当地表现了前方将士积极备战、丝毫不放松而又充满了昂扬的斗志和必胜的信心。"应须驻白日,为待战方酣"两句千古流传,战争一直持续到日落西山时仍然激烈,诗中没具体说明这次交锋是什么时候开始的,但显然此时将士们丝毫不显疲态,一心等待迎接决战的胜利,一句"应须驻白日"生动刻画出将士们高昂的斗志和必胜的信念,以"战方酣"三字结尾而并不直接说战争的胜负,透出一种胜券在握、无须赘述的自信。

　　这是一首裁乐府以入律的佳作。贺裳《载酒园诗话又编》称赞此诗说:"卢之音节颇类于杨。"陈僅在《竹林答问》中也以:"六朝之有唐,四杰之力也。中间惟卢升之出入《风》、《骚》,气格遒古,非三子所可及。盈川'愧在卢前',非虚语也。"盛赞此诗的艺术水平。诗歌中洋溢着东方大国屹立世界的自信,这在古代诗作中并不多见,实属难得。

黄沙幕南起

——《感遇·苍苍丁零塞》

　　苍苍丁零塞，今古缅荒途。亭堠何摧兀，暴骨无全
躯。黄沙幕南起，白日隐西隅。汉甲三十万，曾以事匈
奴。但见沙场死，谁怜塞上孤。

　　　　　　　　　　　　　　　　　　　（唐）陈子昂

　　武则天垂拱二年（686 年）春，金微州（在今蒙古人民共和国
肯特省一带）都督仆固始起兵叛乱，南下烧杀掳掠，威胁边境。左
豹韬卫将军刘敬同率领的北征军前去征讨。同年四月，陈子昂怀着
"感时思报国"的满腔热忱，加入了这支北征军，随军先后过陇山，
经凉州，次张掖，巡甘州，一路向西北行至居延古城。这次经历使

　　陈子昂深刻地了解了西北边塞地区，使其笔下的边塞诗更加具有强烈的现实感。这首《感遇》就是他在这次北征中所作。

　　"苍苍丁零塞"中的丁零是我国古代游牧于北部和西北部边地的一支少数民族，汉代臣属匈奴，元魏时称铁勒或敕勒，唐时称回纥。在西北边陲，诗人遥望丁零人的故居，却发现旧有的古道也荒废了。诗人在用"何摧兀"赞叹近处的"亭堠"之后，又描绘了士兵的惨死沙场、暴尸旷野的场面。对比之下，暗示边塞徒有险峻的城堡而已。狂风裹挟着漫天飞扬的黄沙而来，夕阳西坠，天色惨淡无光。"黄沙幕南起，白日隐西隅"两句勾勒出一幅阴沉凄凉之景，犹似当年三十万汉军于塞外与匈奴作战惨败的情景。陈子昂慨叹因朝廷任人不当，守边将帅无能，指挥不当造成士卒丧生、亭堠虚设的局面。在同情无辜牺牲的士兵的同时，诗人又想到了他们的遗孤，深表关切。"但见沙场死，谁怜塞上孤"，同样值得同情的还有边地的人民，意在谴责当政者不吊死问生、冷酷无情。

　　诗中，诗人通过对边地荒凉悲惨的景象的描写，对边备空虚、将帅无能，丧师辱国，以及塞上遗孤得不到体恤等朝廷弊政进行抨击，并表达了自己对广大兵民的同情。在写作上，沉郁悲壮之气贯穿于这首五言古诗始终，直抒胸臆；自然紧密地结合了见闻与感慨；语言丝毫不见齐梁浮艳之气，质朴劲健，诗歌呈现出来的苍凉悲壮的情调已见盛唐之风。

穷兵黩武

——《感遇·丁亥岁云暮》

丁亥岁云暮，西山事甲兵。赢粮匝邛道，荷戟争羌城。严冬阴风劲，穷岫泄云生。昏曀无昼夜，羽檄复相惊。拳跼竞万仞，崩危走九冥。籍籍峰壑里，哀哀冰雪行。圣人御宇宙，闻道泰阶平。肉食谋何失，藜藿缅纵横。

(唐) 陈子昂

陈子昂(659 年—700 年)，字伯玉，梓州射洪 (今四川射洪)人。出身殷富家世，少年时其慷慨任侠而志存高远。文明元年(684 年)，进士及第，曾两次随军北征，后因家父为县令段简所辱而回乡，被其罗织罪名收系狱中，忧愤而卒。

陈子昂是初唐时期一位优秀的诗人，他曾旗帜鲜明地提出文学革新的主张，著有《与东方左史虬修竹篇序》："文章道弊五百年矣。汉魏风骨，晋宋莫传，然而文献有可征者。仆尝暇时观齐梁间诗，彩丽竞繁，而兴寄都绝，每以咏叹。窃思古人常恐逶迤颓靡，风雅不作，以耿耿也。一昨于解三处，见明公《咏孤桐篇》，骨气端翔，音情顿挫，光英朗练，有金石声。遂用洗心饰视，发挥幽郁，不图正始之音，复睹于兹，可使建安作者相视而笑。"他的边塞诗歌，表现他所提倡的诗歌要有"风骨"，反映现实生活，反对齐梁以来的绮艳诗风的主张，现实意义极强。

"丁亥"指垂拱三年（687年），当时武则天因欲攻击生羌而准备开凿蜀山，取道雅州。据《新唐书》本传上记载："后方谋开蜀山，由雅州道剪生羌，因以袭吐蕃。子昂上书以七验谏止之。"陈子昂在名为《谏雅州讨生羌书》的上书中列举了七个方面的不利因素，极力阻止。

这首诗即作于此时。诗歌首先描写了这场战争所要克服的诸如路途艰险的困难，指出西征士兵和人民因这场穷兵黩武的战争而忍受着巨大灾难，结尾几句对朝廷的决策者进行了无情的揭露和谴责。和前面所收录的《感遇·苍苍丁零塞》一起，本诗出自诗人的组诗《感遇诗》，这一组基本表达同一中心思想，感慨胡兵屡屡犯边，朝廷任人不当，边塞无名将，给边地百姓带来了深重的灾难。

当然，陈子昂笔下的边塞也有令人耳目一新的景象，而不尽然是荒凉冷漠，如《居延海树闻莺同作》：

　　边地无芳树，莺声忽听新。间关如有意，愁绝若
怀人。明妃失汉宠，蔡女没胡尘。坐闻应落泪，况忆
故园春。

　　西北边塞居然能听到原本大多出现在江南和中原的黄莺啼叫，
先是令诗人为之一振的惊喜，转而触景伤情，因见家乡之景而勾起
了一系列感慨和思乡的愁情。又提及因失宠而远嫁匈奴的王昭君，
和在战乱之中被匈奴掳去的蔡琰，伴着莺声感伤之情更甚，心忆故
园而身在边塞，不禁潸然泪下。

军威雄壮

——《陇西行（十首）》

陇西多名家，子弟复豪华。千金买骏马，蹀躞长安斜。

雕弓侍羽林，宝剑照期门。南来射猛虎，西去猎平原。

既夕罢朝参，薄暮入终南。田间遭骂詈，低语示乘骖。

入被銮舆宠，出视辕门勇。无劳豪吏猜，常侍当无恐。

充国出上邽，李广出天水。门第倚崆峒，家世垂金紫。

麟阁图良将，六郡名居上。天子重开边，龙云垒相向。

烽火照临洮，榆塞马萧萧。先锋秦子弟，大将霍嫖姚。

开壁左贤败，夹战楼兰溃。献捷上明光，扬鞭歌《入塞》。

更欲奏屯田，不必勒燕然。古人薄军旅，千载谨边关。

少妇经年别，开帘知礼客。门户尔能持，归来笑投策。

（唐）王勃

　　《全唐诗补编》中辑录的王勃《陇西行》十首，内容以反映出陇西尚武任侠的民风为主，所涉范围比较广泛。第一首写陇西多豪族贵胄，且都极好骑射；第二首刻画了勇猛异常的陇西小将形象；第三首记述陇西小将们的日常生活情景；第四首画面转至庙堂之上；第五首突出描写被陇西人视为骄傲的汉代名将赵充国和李广建立的伟业；第六首反映出当地人民对家乡良将辈出的自豪感；第七至十首都以浩瀚的沙场为题材，描写出边塞军情紧急、军威雄壮的情势。陇西风气勇猛尚武，为边塞战争输送了大量优质兵员，陇西人在战场上为国杀敌，实现建功立业的人生抱负。这几首《陇西行》雕饰极简，惜墨如金，短小刚健，词约义丰，有的已近似绝句。

　　历史上陇西以多名家而著名，六郡亦是将领迭出之乡。有人说隋末天下大乱时，李渊留守太原所统率的十万军队，就号称关陇军。正是凭借这十万骁勇善战的关陇军，李渊一路南下洛阳，所向披靡，荡平天下以后，便封其爱子李世民为"陇西郡公"，李渊和陇西故土的亲缘之深可见一斑。陇西人的尚武精神与骁勇善战的特质也不是徒有虚名。陇西名将除诗中提到的李广和赵充国外，还有李广的从弟李蔡、三国时期的大将邓艾和宋代抗金名将王德等人，古代甘肃之地尚武任侠的民风之盛行与这些前辈的榜样力量也是分不开的。

　　陇西之地素来是华夏民族中尚武之风的圣地。人人皆以勇猛善战为傲，名将李广等被视为榜样。正如王勃诗中所说："门第倚崆峒，家世垂金紫。"所谓门第之幸、家族之福便是像这样以战功名垂青史。

王勃的这十首《陇西行》的原本已散佚，现存的版本是学者辑录而成的。这十首小诗真实再现了陇西民风的特色，将陇西人民的尚武之风、豪放之气、骄傲之心通过诗作传达给每一位读者，也为我们了解陇西之地的历史保留了第一手资料。

羌笛怨无穷

——《金城北楼》

北楼西望满晴空，积水连山胜画中。湍上急流声若箭，城头残月势如弓。垂竿已羡磻溪老，体道犹思塞上翁。为问边庭更何事，至今羌笛怨无穷。

（唐）高适

这首诗是唐天宝十一载(752 年)秋冬之际，高适离开长安，赴任陇右节度使哥舒翰幕中掌书记的途中，经金城时所作。登上北城楼，西望晴空万里，大好河山锦绣，诗人心中不禁波澜起伏，思绪万千。此前一直仕途平平的高适，此番是怀着建功立业的强烈愿望出塞的。因此这首诗在写景之余融入了诗人诸多关于自己和国家未来的思考。

　　登上北城楼,西部高阔空灵的天空似触手可及又似遥无边际,诗人心胸也随之一畅,塞外边疆的壮丽山河尽收眼底:远处的高山连绵起伏,其间点缀于一片一片的积水,在高旷的天空的映衬下,山水天地融为一体,眼前景色开阔雄壮,如诗如画,美不胜收。欣赏此景的诗人心中油然而生一种生活于此壮丽国土的骄傲之情和对国家的无限热爱之情。接下来,石上其声若箭声的急流,引起了诗人的注意。这声音震动了诗人,这是欣赏胜景的平台,更是大唐与关外的少数民族连年作战的重要堡垒。想到边关的残酷,眼前残月初上,挂在城头的景色在诗人的眼里似乎都是战事压境,危急万分的景象,不禁涌起对边疆危机的担忧和对能够建功立业为国效命疆场的渴望。盛唐边塞诗多表现诗人醉心于美好河山,时刻准备报效国家的感情,这与他们生活的时代,国力强盛、文化繁荣,是分不开的。

孤苦严寒

——《使青夷军入居庸（其一）》

匹马行将久，征途去转难。不知边地别，只讶客衣单。溪冷泉声苦，山空木叶干。莫言关塞极，云雪尚漫漫。

（唐）高适

公元 750 年秋，高适担任河南封丘县县尉，他以此身份送兵到青夷军，冬天时其返回，在进入河北昌平县居庸关时作了《使青夷军入居庸》。

诗作主要写了行役途中的情况，前面四句主情：表达自己单枪匹马已经很长时间了，在漫长的征途中来去都很艰苦。但是去的时候人很多，一起共渡难关，回来的时候就只剩下自己，需要独自面对。去的时候是秋天，回来的时候已经到了冬天，衣服单薄，此更是领略了边疆的寒冷，诗句中虽然没有寒冷的字词，但是一种寒意跃然纸上。

后面四句主景，居庸关位于险峻的峡谷中，两边峰峦耸峙，溪水从关侧流出，因为是冬天，水流不畅，给人凄苦的感觉。山林中树木干枯，叶落殆尽，显得非常空旷，似乎有了黄庭坚"落木千山天远大"的意境。"干"字更是将冬天的感觉全部展露了出来。走过了居庸关，山势稍微缓和了一些，慢慢进入了华北平原，气温也相对升高了一些，但是毕竟是冬天，所以诗人也写道"莫言关塞极，云雪尚漫漫"。

诗作前半部分主要写情，后面主要写景，但是情景始终交融在一起。

至今忆将军

——《燕歌行并序》

　　汉家烟尘在东北，汉将辞家破残贼。男儿本自重横行，天子非常赐颜色。

　　摐金伐鼓下榆关，旌旗逶迤碣石间。校尉羽书飞瀚海，单于猎火照狼山。

　　山川萧条极边土，胡骑凭陵杂风雨。战士军前半死生，美人帐下犹歌舞。

　　大漠穷秋塞草腓，孤城落日斗兵稀。身当恩遇常轻敌，力尽关山未解围。

　　铁衣远戍辛勤久，玉箸应啼别离后。少妇城南欲断肠，征人蓟北空回首。

边风飘飘那可度，绝域苍茫更何有。杀气三时作阵云，寒声一夜传刁斗。

相看白刃血纷纷，死节从来岂顾勋。君不见沙场征战苦，至今犹忆李将军。

(唐)高适

与传统边塞诗或表明建功立业的壮志或诉说边塞生活苦寒不同，这首边塞诗侧重于暴露问题。原序中“张公”指时任辅国大将军兼御史大夫，主持北边对契丹、奚族军事的张守珪。诗中综合了诗人在蓟门的见闻，对当时整个边塞战争进行高度的概括，而不是局限于一人一事，既有现实针对性，又有典型性。

诗中“李将军”，或指战国赵之良将李牧，或指汉之飞将军李广。高适对李牧的评价一向不吝赞美之辞，不止一次作诗赞誉，如《睢阳酬别畅大判官》“李牧制儋蓝，遗风岂寂寥”；《塞上》中写有“唯昔李将军，按节出皇都。总戎扫大漠，一战擒单于”等诗句。据《史记》记载，“牧守赵北边时，厚遇战士，养精蓄锐数岁，然后出击，大破匈奴十余万骑，其后十余岁，匈奴不敢近赵之边城。”李白也有诗作对李牧赞誉有加，“不见征戍儿，岂知关山苦。李牧今不在，边人饲豺虎”，即与此诗结句同意。又《史记·李广传》载，“广廉洁，得赏赐辄分其麾下，饮食与战士共之，天乏绝处见水，士卒不尽饮，广不近水；士卒不尽食，广未尝食；宽缓不苛，故士卒乐为之用。广居右北平，匈奴闻之，号曰‘汉之飞将军'或避之数岁不敢入右北平。"李广事迹与李牧相近，王昌龄有诗句"但使龙城飞将在，不教胡马度阴山"，亦与此诗结句相似。所以对于"李将军"的两种解读均可通。

这首《燕歌行》是盛唐时期较为著名的边塞诗之一。全诗所展示的思想，其内容深度和广度在边塞诗中均首屈一指。诗中对行军及战斗的过程和场面，展开了全方位、多角度的描写，涉及人物上至天子、将帅，下至士兵、思妇，横向还有敌军，人物选取不同阶级层面而又能被诗人巧妙集中到一点，深刻揭露了军中的重重矛盾，表现士兵对将帅不得其人的愤慨及人们对和平生活的向往。诗作笔触宽泛散落而神不散，主题思想十分集中、很突出。写法上与内容的丰富性相适应，双管齐下，主次分明，形象丰满，气势开阔。以戍边战士辞阙、赴边、激战、乡思、警戒和怅怨为主要线索展开描写，刻画边防战士的集体形象，主线之中又交织以天子送行、胡骑猖獗、将帅腐朽、少妇愁思等内容，纵向线索清晰，横向内容饱满。空间上所涉场景也极多，长安、榆关、碣石、瀚海、狼山、蓟北等通通笼络在内，可谓尺幅千里、坐役万景。景物描写烘托气氛的同时直抒胸臆，抒情自然。

"山川萧条极边土""大漠穷秋塞草腓，孤城落日斗兵稀""边风飘飘那可度，绝域苍茫更何有。杀气三时作阵云，寒声一夜传刁斗"等诗句，在写激战的同时，将边庭景象的荒凉刻画得入木三分，通过渲染沙场的荒凉，加深了悲壮惨苦的抒情气氛。诗中并没有太多直接批判的语言，却词浅意深，铺排中通过实际形象来夹杂讽刺。如"战士军前半死生，美人帐下犹歌舞"两句，手法类似现代电影的蒙太奇语言，巧妙组接前线和帅府的两个画面，批判的力度胜过千言万语。"君不见沙场征战苦，至今犹忆李将军"两句则只言对古之良将的怀念，不提今日之帅一字，对将不得其人的辛辣讽刺暗含其中。

诗作在沿袭七言古体基本格式的基础上，也适当借鉴了近体的骈偶和调声，同时也继承了四杰体四句转韵、平仄互换的调式。如"校尉羽书飞瀚海，单于猎火照狼山""战士军前半死生，美人帐下犹歌舞""铁衣远戍辛勤久，玉箸应啼别离后。少妇城南欲断肠，征人蓟北空回首"等句，音调嘹亮，格式工整。全诗浑厚老成，纯乎唐音矣。

《燕歌行》原是取材于征夫思妇离愁别恨的乐府古题，其为曹丕首倡，后世陆机、谢灵运、庾信拟作，基本不出这一范围，唯庾信以加入了个人身世之感为稍有创新之处。高适此诗沿袭了古辞中征夫思妇两地相思的传统题材，将写作的重心转移到对边塞问题的思考，颇具社会意义，可谓推陈出新。

战骨埋荒处

——《古从军行》

　　白日登山望烽火，黄昏饮马傍交河。行人刁斗风沙暗，公主琵琶幽怨多。野营万里无城郭，雨雪纷纷连大漠。胡雁哀鸣夜夜飞，胡儿眼泪双双落。闻道玉门犹被遮，应将性命逐轻车。年年战骨埋荒外，空见蒲桃入汉家。

（唐）李颀

　　此诗是以"从军行"乐府古题写当代之事，借汉皇开边，讽玄宗好大喜功，穷兵黩武，由于怕触犯忌讳，故题目加上一个"古"字避嫌。全诗如实记述了军旅生活的艰苦，充分表现了边塞底层士兵远戍边疆的艰辛与苦楚。

开篇以士兵们紧张的军旅生活起。辛劳的一天自清晨既起：爬上山去观望四方有无举烽火的边警，整天警戒；黄昏时候又要牵马到交河边饮马，交河泛指边疆上的河流。白天用来煮饭的刁斗，到了晚上就变成敲击用以代替更柝的工具。"公主琵琶"典出汉朝细君公主远嫁乌孙国，曾弹奏琵琶曲调以表达思乡的哀婉情绪。漆黑的夜晚风沙弥漫，只有军营中巡夜的打更声和那如泣如诉的幽怨的琵琶声在夜里传得很远，诗句的调子由劳碌渐渐转向忧愁。

接下来，诗人又着意渲染边陲军营四顾荒野，不见城郭与人烟的环境。飞雪漫天蔽日，黑暗之中，天与大漠相连，边界难辨，边地凄冷酷寒可见一斑，这六句诗从各个细节反映从军生活的艰苦。接下来，却没有顺势写"行人"的哀怨之感，而是别具机杼，反向行之，这采用"背面傅粉"的写作技巧，写土生土长的胡雁的凄苦情状，"胡雁哀鸣夜夜飞，胡儿眼泪双双落"，使人不禁联想到远戍到此的中原"行人"的生活只怕更是艰辛。

但是，自己身上还有边关的重担，环境再恶劣，也不得不在此长居："闻道玉门犹被遮，应将性命逐轻车"，跟着本部的将领"轻车将军"去与敌军拼命是自己的任务，哪怕结果是"战骨埋荒外"，也要拼命死战。"年年"二字可见，士兵们前仆后继，死伤无数。用满腔的热血和宝贵的生命换来的却是"空见蒲桃入汉家"。"蒲桃"二字通假，即葡萄，此处是用典，讥讽好大喜功的帝王，以牺牲了无数戍边人的性命为代价换取帝王家自己的享乐。汉武帝时开通西域（即今阿拉伯马），发动争端只为求天马。同时被汉武帝带回中原的还有"蒲桃"和"苜蓿"的种子，种在离宫别馆之旁，弥望皆是。

　　此诗对于士兵艰苦生活的描写，用词精准，简练传神。对于主题的揭示，句句蓄意，层层敷粉，直到画龙点睛的最后一句，点出了全诗的讽刺主旨所在，节奏紧凑而流畅。

边塞辛酸

——《从军行（其二）》

> 琵琶起舞换新声，总是关山旧别情。撩乱边愁听不尽，高高秋月照长城。

(唐)王昌龄

　　这是一组描写边塞军旅生活的组诗，本篇选取其中一篇进行赏析。这是七首中的第二首，描写的是边塞军旅生活中军宴这一片段，诗境在乐声中展开：琵琶随着舞蹈的变换奏出新的曲调，这些军中置酒常伴的"胡琴琵琶与羌笛"，原本是带着异域情调的边地乐器，这些边塞器乐奏出"新声"对来自中原的征戍者来说，总能带来一些新的情趣、新的感受吧？可是曲调再新也是边塞曲，所述无非仍是"旧别情"。一语道尽戍边战士苦中作乐的辛酸，个个都是离乡背井、别妇抛雏的征戍者，"别情"实在是最普遍、最深厚的感情和创作素材。所以，尽管琵琶曲调变换，不变的是歌词包含的深刻情感。句中"关山"语带双关，亦指曲调《关山月》，《乐府古题要解》记载："《关山月》，伤离别也。"

"新"与"旧"对应，形成对比，上下句间以"总是"转接，转折有力，效果尤显。虽曲调千换皆诉"旧别情"，却不使人乏味。相反，那奏不完、"听不尽"的曲调，无论何时总能勾起离人的伤感和相思。这是诗的又一次转折。"听不尽"是"奏不完"亦是"听不够"，意味深长。诗句中的"边愁"既是久戍思归的苦情，又是戍者对边患久不除的心不宁、意不平。所以，如果只把这首诗解读为"意调酸楚"的思别情之诗，未必全面。

最后"高高秋月照长城"，诗人轻轻宕开一笔，以景结情，离情入景。将画面从军中置乐饮酒的场面转向一幅秋月高照在莽莽苍苍、绵亘起伏的长城上壮阔而悲凉的景象。月光中有戍边战士无限的乡愁，对于现实的忧怨，还有立功边塞的雄心。细腻的描写使得在前三句中一波三折的感情细流都汇成一汪深沉、荡漾回旋的湖水。诗情由此得到升华，将征戍者丰富的思想感情、深刻的内心世界表达得入木三分。此结尾可以称得上是绝处生姿的一笔。

《从军行（其四）》

青海长云暗雪山，孤城遥望玉门关。黄沙百战穿金甲，不破楼兰终不还。

组诗中第四首，画面依旧停留在河西走廊一带。河西走廊南依山峰上有终年不化之积雪的祁连山脉，北靠万里古长城，走廊的尽头是玉门关，关外就是突厥的势力范围。玉门关因此成了隔绝两蕃，守护河西走廊，确保丝绸之路畅通无阻的重要关口，也是设立河西节度使的必要关口。

诗的前两句不仅将西部自然风光如实地描绘出来，更交代了孤城南拒吐蕃、西防突厥的重要地理位置和战略意义，也写出了戍边将士的责任重大及由此产生的自豪感和戍边生活的苦寒、单调与寂寞。

七绝以第三句为主，戍边时间的漫长、频繁的战事、敌军的强悍、战斗的艰苦、沙场之荒凉，都在"黄沙百战穿金甲"一句中概括无遗。这一句在情绪酝酿上也最充分，为末句的绾结水到渠成地作出铺垫。

末句用典，指的是汉时傅介子奉命计斩勾结匈奴、屡次遮杀汉使于丝路的西域楼兰王，威震西域，保证了丝路畅通的故事。"不破楼兰终不还"中的"终"字是豪语亦是苦语，这恰好深化了前两句所隐含的正反两种情绪，措辞之妙令人叹服。

《从军行（其五）》

大漠风尘日色昏，红旗半卷出辕门。前军夜战洮河
北，已报生擒吐谷浑。

　　组诗中第五首，与前面几首诗未直接描写战事，妙在情景不同，这首诗则写到具体的战役，妙于情节设计。

　　绝句以短小精悍为主要特点，如何刻画传神而惜墨如金极其考验诗人的才情。本篇中，诗人选取了一个独特的视角来写洮河战役，而不是直接写战争场面，可谓心思奇妙：黄昏时作为增援的后军刚刚出发，前军夜战的捷报已经传来，传神地写出唐军的善战和所向披靡。

　　"红旗"这一意象与白雪相搭配在唐代边塞诗中很是常见，如岑参的"纷纷大雪下辕门，风掣红旗冻不翻"、陈羽的"横笛闻声不见人，红旗直上天山雪"，都是脍炙人口的名句。有人考证，红旗的由来是汉高祖初为亭长夜行斩蛇，遇一妪云是赤帝子斩白帝子，沛公起事竖赤帜。

　　吐谷浑曾盘踞于洮水西南等处，时有犯边，是南朝晋时鲜卑族慕容氏的后裔，高宗时就已败给唐与吐蕃联军，开元时已不复存在，在此诗中，泛指边寇。

坚决灭敌

——《军城早秋》

昨夜秋风入汉关，朔云边月满西山。更催飞将追骄虏，莫遣沙场匹马还。

(唐)严武

严武为世人所熟知恐怕更多是因为他是杜甫的好朋友，而在唐代星光熠熠的诗歌史上也许他是黯淡无光的。其实，严武在唐代应该算得上是一个战功卓著、文采风流、颇有作为的人物，三朝名将，历任东川节度使、剑南节度使，后因抗击吐蕃入侵，收复失地有功，加检校吏部尚书，封郑国公。

这首《军城早秋》写于代宗广德二年(764年)，唐军与吐蕃军交战之际。诗作将诗人作为全军统帅的气魄与心胸展现得淋漓尽致，诗歌的思想感情与语言风格富有突出的将领诗人的个性特征。

作为一首边关战争题材的诗歌，本诗的出彩之处在于没有按照常规去描绘战斗的具体场面，而是选取了战斗前夜和即将结束这两个具有代表性的时段，开合跳跃间既把整场战争描写得完整而又不落俗套，别具一格。

"昨夜秋风入汉关，朔云边月满西山"两句以写秋景为虚，以预示战争前夕"山雨欲来风满楼"的紧张气氛为实。边塞笼罩着一片肃杀之气，对西风瑟瑟、月色清寒、云层昏暗等意象的描写渲染出一种危急的形势。"秋风入汉关"语带双关，入汉关的不仅是肃杀的秋风，更是对中原虎视眈眈已久的边塞异族，战事一触即发。在我国古代，夏末秋初是边地少数民族入侵中原地区的多发季节。作者作为主帅敏锐地感受到了季节的变化，对时机和敌情做出了及时准确的判断，取得了战争的主动权，从而保证了战争的胜利。

然而接下来诗人并没有顺势描绘战斗的进程和具体场面，而是笔锋陡然间转向了战争的尾声：因曾经打到过长安而骄纵无比的吐蕃军，此时却忙于四下逃窜，败象无法挽回，于是"更催飞将追骄虏"喝令全军一鼓作气乘胜追击，将敌人一网打尽。这一句不仅气势十足，凸显唐军的所向披靡，更是把一位指挥从容、胜利在望的主将形象鲜活地呈现在读者眼前，"莫遣沙场匹马还"在体现将令威严的同时，不正面描写战场鲜血淋淋的场面，却让人感受到了战争的残酷与惨烈，更主要的是表达出一种大无畏、不歼灭敌人绝不后退的决心和精神。

本诗读起来流畅自然，没有咬文嚼字之感，却在用词上不失推敲。全诗仅有四句，短小精悍却落笔大气，气魄宏大，风格刚健，语言明白晓畅，一气呵成，为历代诸多选本收入。

山回路转

——《白雪歌送武判官归京》

北风卷地白草折，胡天八月即飞雪。忽如一夜春风来，千树万树梨花开。散入珠帘湿罗幕，狐裘不暖锦衾薄。将军角弓不得控，都护铁衣冷难着。瀚海阑干百丈冰，愁云惨淡万里凝。中军置酒饮归客，胡琴琵琶与羌笛。纷纷暮雪下辕门，风掣红旗冻不翻。轮台东门送君去，去时雪满天山路。山回路转不见君，雪上空留马行处。

(唐)岑参

天宝十三年（754年），岑参任安西北庭节度使封常清的判官，为此两次出塞，这首诗是诗人此时为送武判官或许就是岑参的前任卸任归京时所作。读岑参的诗，处处不能忽略一个"奇"字，杜甫在《渼陂行》中曾写道："岑参兄弟皆好奇。"此诗亦不例外。

此诗开篇未见白雪先传风声，此为第一奇。所谓"笔所未到气已吞"，"北风卷地"预示着大雪必随大风而来，由风而见雪。"白草"，是西北一种草名，《汉书·西域传》颜师古注上有对它的记载，王先谦补注中说道，坚韧是这种草的特性，但是秋草经过霜打之后变得很脆，故能断折，不似春草可随风俯仰而不折。"白草折"三字准确地抓住了景色的季节特点，又突出寒风来势之猛。八月秋高，本应是遍地麦穗金黄的时节，然而遥远的北方边地已飞雪漫天，"胡天八月即飞雪"，一个"即"字，突出了南北方的气候差异，同时也透出一丝诗人远离南方故土，在北方戍边，以眼前之景，遥想家乡之景。

然而忧愁萎靡从不是诗人偏爱的诗风，原本是风雪交加的塞外苦寒之景，在诗人的笔下却以"春风"使梨花盛开，形容北风裹挟着雪花漫天的情境。南方梨花盛开时，是一团一团的，花团锦簇，压枝欲低，与眼前北方的雪景类似，这样的比喻是贴切而新颖的，而以花喻雪，将南方春景比北国冬景，匠心独具，使人忘记严寒，颇负浪漫色彩。"忽如"两字不仅写出了"胡天"变幻无常、大雪来得急骤的特点，而且，也将诗人惊奇、喜悦的心情传达出来，用得极妙。

"散入珠帘湿罗幕"一句承上启下，将画面由帐外转向帐内，转换自然从容，体物入微。"白雪"随着掀起的帘子侵入帐内，被帐中微薄的温度化成水汽，打湿帘帐和身上的狐裘锦衾，更显湿冷。"一身能擘两雕弧"的边将，也被冻得拉不开角弓；"将军金甲夜不脱"，与"都护铁衣冷难着"两句为互文，兼"都护"（镇边都护府的长官）、"将军"

言之。这四句，一方面写出了边地将士生活之苦寒，另一方面却包含着诗人对这种严寒天气的新鲜感和对漫天飞雪的赞赏喜爱。

场景再次移到帐外，转向对广远的沙漠和辽阔的天空等远景的描写：沙海浩瀚，冰雪遍地，天空中阴云密布，浓重稠密，预示着风雪过后，依旧是严寒的天气。"瀚海阑干百丈冰，愁云惨淡万里凝"两句笔墨夸张，气势磅礴，将边塞雪景勾画得瑰奇壮丽，就是在这样的壮景中，诗人为"武判官归京"送别吟诗。天气如此酷寒恶劣，诗人不禁要为长途跋涉的人所要面临的艰辛担忧。"愁"字隐约暗示离别在即了。

黄昏之时，再次飘雪，冒着风雪，送客出军门，辕门上冰雪冻结的红旗在凛冽的寒风中一动也不动，铺天盖地的白色中有这红，更衬托出白雪茫茫、雪地冰天的奇寒。这是诗中又一处精彩的奇笔。

送客送到轮台东门，终于不能再送，所有的依依不舍都化作对友人大雪封山路难行的担忧，深情地目送友人的身影渐渐消失在雪地里，只留下马的蹄迹。全诗就此结尾，与开篇照应，紧扣送别主题。

此诗主要的特色，也是诗人一贯的创作个性，就是充满奇情妙思。诗人观察敏锐，感受细致入微，笔力矫健，既有大笔挥洒，又有细节勾勒，真实生动地再现了边塞瑰丽的自然奇观，充满浓郁的边地生活气息。当然本篇的主题是送别，诗人将送别的真挚情感抒发于对自然风光的歌咏之中，内涵丰富，意境鲜明而独特，具有极强的艺术感染力。全诗的语言优美，场景转换自然，节奏跌宕生姿，旋律明朗，音情配合极佳，当得"有声画"的称誉。

功名胜古人

——《轮台歌奉送封大夫出师西征》

轮台城头夜吹角，轮台城北旄头落。羽书昨夜过渠黎，单于已在金山西。戍楼西望烟尘黑，汉军屯在轮台北。上将拥旄西出征，平明吹笛大军行。四边伐鼓雪海涌，三军大呼阴山动。虏塞兵气连云屯，战场白骨缠草根。剑河风急云片阔，沙口石冻马蹄脱。亚相勤王甘苦辛，誓将报主静边尘。古来青史谁不见，今见功名胜古人。

(唐)岑参

此诗与《走马川行》所作时期、背景与对象完全相同，是采取不同角度所作的两首诗，内容相对而相互呼应，形成一组完整的边塞送别诗。与《走马川行》通过将士顶风冒雪夜行军的情景烘托战斗必胜之势不同的是，此诗描写的侧重点在于战斗场面，在描写手法上，两首诗也不尽相同。

"轮台城头夜吹角，轮台城北旄头落。羽书昨夜过渠黎，单于已在金山西。戍楼西望烟尘黑，汉军屯在轮台北"六句通过对战前两军对垒状态的描写，制造出一种大战之前风雨欲来的紧张气氛，与《走马川行》从自然环境落笔不同，这里并不见飞沙走石，却将一场激战一触即发的氛围写得淋漓尽致。号角声划破驻地的夜空，在沉寂的夜里显得格外紧张，暗示部队已进入紧张的备战状态。《史记·天官书》上记载："昴为髦头(旄头)，胡星也。"古人认为旄头是胡兵的象征，"旄头落"预示着胡兵覆灭。"轮台城头夜吹角，轮台城北旄头落"，上下句两个"轮台城"的连用，语势连贯有气势，烘托出围绕此城的战时气氛。"夜吹角""旄头落"则表现出唐军同仇敌忾，又有坚信唐军必胜之意。"羽书昨夜过渠黎(今新疆轮台县东南)，单于已在金山(今阿尔泰山)西"，这两句是插叙，交代出胡兵犯边是局势紧张的原因。"单于已在金山西"与"汉军屯在轮台北"，以相同句式，交代两军对垒之势，对仗整齐，且与前文"轮台城"两句相呼应。"戍楼西望烟尘黑"，凸显两军阵营近在咫尺，透露出一种濒临激战、一触即发的紧张局势。

画面转换为白昼出师与接仗，手法上与《走马川行》写夜行军极力描写自然不同，这里极力渲染军队的声威，吹笛伐鼓，摇旗布阵，同紧张的备战气氛形成对比的是出师的从容、镇定，诗作在节奏把握上张弛结合，气势益显。在自然景色描写上偏爱大风大雪、极寒酷热是诗人的一大特点，而此边塞诗也极尽华丽大气之风，将是"拥旄"(节旄，军权之象征)之"上将"，描写三军士卒的呐喊是"大军""大呼"。对此，徐嘉瑞评价说："其所表现的人物事实都是最伟大、最雄壮、最愉快的，好像一百二十面鼓、七十面金钲合奏的鼓吹曲一样，十分震动人的耳鼓。和那丝竹一般细碎而悲哀的诗人正好相反。"将军队的声威、所向无敌的气概描写得出神入化。

"三军大呼阴山动"，三军的气势连山都被撼动，但战斗艰辛却也是不容忽视的："虏塞兵气连云屯"，对方集结了异常多的军队，同时此处诗人以强衬强，明写对方兵力强大，暗示己方兵更为强大，手法可谓精妙。"战场白骨缠草根"，写出战况极其惨烈，双方伤亡惨重。"剑河风急云片阔，沙口石冻马蹄脱"两句选用"剑河"、"沙口"这些本身亦似带杀气的地名，更突出气候之奇寒，地名有泛指意味，不必一一落实。"石冻马蹄脱"一语尤奇：石头本硬，"石冻"则更加深硬，竟能使马蹄脱落，战争之艰苦可见一斑。作为一个意志坚韧、喜好宏伟壮烈事物的诗人，岑参在诗中极写气候之奇寒与战场之危苦，最终目的并不是渲染战争之恐怖，相反是一种对悲壮画面的直面正视和欣赏。条件越艰苦，战事越危急，越是可以突出将士的奋不顾身。

诗作最后点题，以预祝凯旋、颂扬作结。"亚相"是对封常清的尊称，天宝十三年，封常清以节度使摄御史大夫，在汉时地位仅次宰相。"谁不见"两句为预祝之词，坚信征人能载誉而归，功名声望更出于简策中记载，万口流传的古人。"今见功名胜古人"，朴质无华而掷地有声。从战斗艰苦转至此处对战胜荣耀的描写，转折自然而节奏紧促，一抑一扬，跌宕生姿。此四句一韵流转而下，更有奏捷的轻松愉快之感。

全诗层次分明，层间转折衔接自然、张弛有度，结构紧凑，语调抑扬顿挫，音情配合极好。正面描写结合侧面烘托，象征、想象、夸张手法多变，通过对大军声威的极力渲染，描绘出一幅充满浪漫主义激情和边塞生活气息的宏伟壮阔画面，将三军将士建功报国的英勇气概表现得淋漓尽致。

家书醉里题

——《碛西头送李判官入京》

一身从远使，万里向安西。汉月垂乡泪，胡沙费马蹄。寻河愁地尽，过碛觉天低。送子军中饮，家书醉里题。

(唐)岑参

每首诗的写作都具有其特殊的背景，这首诗也不例外。岑参写这首诗的时候，正值天宝八载（749 年），是安西四镇节度使高仙芝的幕僚，时任右威卫录事参军、充节度使幕掌书记。诗中的碛西，也即是安西都护府，其所在正是今天的新疆库车附近。写这首诗是为了送别同僚李判官回京，并聊表思乡之情。在诗中，岑参写出了安西大漠的雄浑景色，并表达了一片思乡深情。

从整首诗来看，本是为了送别李判官入京，却先下笔描写自己从京城进入安西的事。首联"一身从远使，万里向安西"，讲的就是天宝八载，自己因受高仙芝聘任，不惜从万里以外的长安奔赴安西。在唐代人看来，安西是一个十分遥远、荒凉的地方，也有人将其视为危途。但岑参并不这么想，他不仅果断选择了只身赴职。从"一身"与"万里"之中，足见岑参过人的气魄和胆量。但其中"一身"也表达了背井离乡、孤身一人的处境，为下面抒发思乡之情作出铺垫。另外，"从"、"向"两字的连用还表现出诗人直面困难、坚决果敢的气魄。这两句诗，虽然并没有浓墨重彩地进行描述，但却蕴含了丰富而意味深长的诗句意境。这两句诗对下文重点描述安西作出了铺垫。

其后两联则是全诗重点，诗人花费大量笔墨描写在安西的所见所感。其中，颔联"汉月垂乡泪，胡沙费马蹄"，描绘了诗人连夜赶路的场景。月是故乡圆，一轮明月高悬夜空，而此时自己却在无边无际的大漠中，骑着骏马，踏沙赶路。这样的场景不觉让人感到诗中的几分哀愁，似乎在向读者陈述自己独自前行在沙漠中的孤独凄凉。而这两句诗中，并没有对自己的垂泪作出描写，反而说明月对己垂泪，可见其中蕴含着浓郁的思乡之情。而透过这两句诗，也表现出诗人高超的写作手法。通过将明月拟人化，赋予无生命的月亮以鲜活的人格，使其在广漠无垠的沙漠中成为自己的旅伴，让天地人之间的景物融为一体，遥相对应，更显出一番情趣。月光下，踏着松软的沙子，坐骑走得格外艰难，从"费马蹄"三字可见踏沙难行，马蹄废损，行路艰难。另一方面，也体现了诗人坚持不懈的精神。颈联一方面又承接了颔联，继续描写行进过程，同时作了一个转折，将场景由夜间过渡到了白日："寻河愁地尽，过碛觉天低。"通过这一幅十分逼真、壮阔大漠景象，将诗人置身沙漠一望无垠、荒凉壮阔的沙碛中，四望天地相接，辽阔非常的瀚海景象表现无疑，真可谓是雄伟壮阔！其中，上句引用张骞出使西域寻找黄河源头的典故，意指将要走到天地尽头；而置身于沙漠中，似乎觉得天也格外低矮。这里并没有描写军旅的艰辛，更多的还是一个由内地远道而来的诗人眼中的雄浑壮阔，浩渺非常的景象，也表达了诗人对其由衷的热爱和对新生活的热情追求。虽然这两联的"汉月垂乡泪""寻河愁地尽"满是伤情和愁绪，但总体来说，诗人仍旧是积极向上、乐观的。并且，诗句给人的感觉并不沉闷感伤，反而气势显得格外雄浑。

在这种层层转接的写作手法中，通过铺垫、描写等手法，在尾联点题，写到为李判官送行的场景："送子军中饮，家书醉里题。"这两句诗看似普通，但并不寻常，蕴含了独到的特色。其一，诗句中毫无送别场景惯有的期期艾艾、恋恋不舍之语，相反，是诗人与李判官在军帐中痛饮，赋予了临行送别一种豪壮的气概。其二，诗人也未在诗中语重心长地说出保重的话语，而是与前诗对西行艰难旅程的暗合，此次李判官东归势必要多多珍重。其三，诗人此时还想起了自己远在长安的家人，并在最终写到了家书。诗人万里西行，在远离故乡后总不断积蓄其对家人和家乡的思念之情，此时一经李判官回长安触发，便一发不可收拾。于是，就在痛饮之后，提笔写下了家书，将自己心中的思念之情抒发出来。"家书醉里题"，一方面表现出诗人对家人深切的思念之情，纵使醉倒帐中仍旧不得休止；另一方面也极为形象地表现出诗人挥毫疾书、千言万语的情景。此时，一股豪气充满军帐，激荡在全诗的字句中，也深刻影响着读者的心境。

　　整首诗气势雄浑，将思乡之情寄托于满心的壮志豪情中，在艰辛的磨难中却表现出了对未来生活的向往和乐观精神。而以上都是通过描写安西雄浑壮阔、一望无际的沙漠的壮阔景象和艰辛的旅程所表现出来的。"寻河愁地尽，过碛觉天低"堪称情景相融，真可谓是诗中的佳句。全诗词句朴实无华，娓娓道来，但又耐人寻味，情韵无限，可谓是岑参边塞诗中的佳作了。

似说边情

——《登夏州城观送行人赋得六州胡儿歌》

六州胡儿六蕃语，十岁骑羊逐沙鼠。沙头牧马孤雁飞，汉军游骑貂锦衣。云中征戍三千里，今日征行何岁归？无定河边数株柳，共送行人一杯酒。胡儿起作本蕃歌，齐唱呜呜尽垂手。心知旧国西州远，西向胡天望乡久。回身忽作异方声，一声回尽征人首。蕃音房曲一难分，似说边情向塞云。故国关山无限路，风沙满眼堪断魂。不见天边青作冢，古来愁杀汉昭君。

(唐)李益

本诗是一首军旅诗。诗中所写的夏州，在唐朝的时候属关内道，治所在朔方，即今陕西省靖边县终界乡白城子，往东距离长安有 1500 余里的路程。诗人在德宗建中二年（781 年）从军朔方后，在夏州城楼上看到人们欢送征人回内地的情景，并作有此诗。这首诗的中心思想就是要表达流徙到夏州的"胡儿"（当时对突厥、吐蕃等少数民族的称呼用语），对遥远处家乡的深切思念之情。诗人浓墨重彩地描绘出了一幅欢送征人返乡的景象，通过描写汉族征人的有家可回来衬托出"胡儿"的无家可归，更加突出了诗人无尽的思乡之情。在唐代的边塞诗中，这首诗显然是其中一部具有鲜明特点的佳作。

首先，从"六州胡儿六蕃语"到"今日征行何岁归"六句，交代了故事发生的环境，并酝酿了情绪。同时，还道出了夏州边地蕃、汉杂处的特有风情，引发了汉族征人的思乡之情。其中，第一、二句给人一种十分新奇的感觉。夏州，向来就有"六州"、"六胡州"之称。据《元和郡县志·关内道》记载："调露元年（679 年）于灵州南界置鲁、丽、含、塞、依、契等六州，以处突厥降户，时人谓之六胡州。"来自新疆、青海、内蒙古等广大地区的各个少数民族混居于此处，语言不通，"六蕃语"（一种对各少数民族语言的统称）听起来也别有情致。以上正是诗人在城上的见闻。作者又进一步描写了这样一幅景色：野地里，一个十来岁的小"胡儿"正骑着羊追赶"沙鼠"（兔子一类的小动物），灵动活泼、异常可爱，令人十分喜爱。眺目远望，穿着貂皮锦衣的汉军游骑正在河边沙滩上牧马，而失群的孤雁却在空中飞行，不时传来凄惨的叫声。这让诗人不禁想起，汉军征人到"云中"（原指内蒙古，此泛指边地）这极远的边地防守，归期未有期。这六句诗，景色美丽独特，形象生动，并用"孤雁飞"这一富有特定意境的意象巧妙过渡到对思乡之情的描写，十分自然，为下文的送行场面作出了环境和情绪的铺垫、渲染。

随后，从"无定河边数株柳"到"一声回尽征人首"，刻画形象，通过反衬对比描写城下欢送场景以反衬"胡儿"的望乡深情。在"无定河"（黄河中游的支流，在陕西北部）河边的柳荫下，人们正在为即将回乡的汉军征人送行，或是折柳相送，或是竞相劝酒。对于那些"今日征行何岁归"的征人，如今获得返乡的机会，真可谓是欢欣雀跃，饯行的场面自然也会更加欢乐、活跃。"胡儿"也深受感染，齐声用"蕃语"唱起歌来，还跳起"垂手舞"来，使得整场饯行变得热闹非凡。然而，就在"胡儿"们唱歌、跳舞的时候，却不禁想起了自己的家乡，不觉驻足凝目，久久眺望远方的故乡"西州"（今新疆），转身用故乡方音互相诉说思乡之情。这时，整个饯行的场面便陡然由热烈变为悲伤，使得正兴高采烈准备返乡的将士们也受到了感动，陷入思考。诗人通过对场面的渲染和对一连串富有特征性的动作的描写，由热闹非常的欢送场景转变为了"胡儿"思乡静默的场景，用热闹的送行场面来反衬"胡儿"们望乡的凄苦，形成鲜明对比，更能表现出"胡儿"们有家不能归的深切思念。这样的表现手法，使感情表达得更加沉重。

紧接着，从"蕃音虏曲一难分"到最后"古来愁杀汉昭君"，抒发诗人内心的感慨。这段诗深刻揭示了"胡儿"们对故乡的向往情思，表达了诗人的慨叹。在上一段"一声回尽征人首"的戛然而止之后，欢送仍旧在继续着，"胡儿"们又唱起歌来，突然中断的热烈情绪又恢复如初，但"凄凄不似向前声，满座重闻皆掩泣"（白居易《琵琶行》），那曲曲"虏歌"竟成了诉说乡情的"蕃音"，向外散发，飘向塞外。但万里关山，满眼黄沙，又怎么能回去呢？能做的也不过是空自望乡断魂罢了。诗人这时表达了对其无限的同情。最后，诗人用西汉王昭君出塞客死异乡，青草长满坟茔的典故表达了自己对故乡的思念，只怕是一日到胡地，终身不得归。诗人在这样深沉的感叹中，表现了对少数民族人民的亲切、友好之意，也由衷同情对方长期漂泊他乡的处境。诗句中对场景的描写、叙述，也表现出了胡汉一家，亲密相处，毫无轻蔑、贱视的意识。这样的思想表现出了诗人超前的民族思想，闪烁着博爱的光辉。

全诗在结构上跌宕起伏，转接自然，巧妙衔接，表现出了诗人巧妙的构思和高度的技巧。尤其是情景交融的描述，富有浓郁边地情调，生动形象地表现了边地送行的场景，扣动读者心弦，深入人心。

关山明月照谁人

——《关山月》

明月出天山，苍茫云海间。长风几万里，吹度玉门关。汉下白登道，胡窥青海湾。由来征战地，不见有人还。戍客望边邑，思归多苦颜。高楼当此夜，叹息未应闲。

（唐）李白

本诗题为乐府《横吹曲》调名，《乐府古题要解》对该名作出了如下解释："关山月，伤别离也。"这一调名被唐代很多诗人所采用，李白的这首可谓是其中的佼佼者。李白的这首《关山月》描绘了一幅清冷苍茫的关外月夜图，将关山边戍风光和戍边将士的思乡情怀与月夜高楼相融合在一起，表达了诗人对征人的关心和对和平的向往之情。

本诗开头四句先将"诗题"一一化出，使得"关""山""月"三个物象相互联系在一起，为全诗描写边塞苦寒的苍凉景象奠定基调。"月"出于天山云雾间，留下一片云海无尽、气势磅礴的景象。诗人站在征人的角度，描写除了回首东望却是明月出天山的景象，无限苍茫浩瀚。漫天的大漠朔风，由"风"一字表现出来，吹遍玉门关内外，气势磅礴，充满了异域的粗犷气息。而这里，诗人巧妙地用"长风"将"关""月"联系在了一起。在这四句中，明月如昔、关隘依旧，却未见长征远戍的男儿归来。无穷无尽的战争，无休无止。在"长风、明月、天山、玉门关"这些广阔无垠的意象的渲染下，营造出一幅雄伟壮阔而又苍茫凄凉的景象。通过描写这样一幅边塞具象，诗人逐渐引出了征人的"思乡"情怀。

而中间四句在这幅边关景象的基础上，诗人抒发出"由来征战地，不见有人还"的主题。"汉下白登道，胡窥青海湾"这两句诗，引用了汉高祖领兵西征的典故，描绘出了在苍凉壮阔的"关山"沙场点兵征战的宏大场景。据史料载，汉高祖刘邦曾领兵征战匈奴，在白登山一带（今山西大同市西）与匈奴展开殊死搏斗，全军将士被匈奴围困于此七天七夜。而在唐朝的时候，青海湾一带也是朝廷与吐蕃之间的战略要地，无尽的战乱使得征人难以返乡。因此，在这里每一次的开怀畅饮，也许就是与未来沙场征战的最后诀别。这深切的痛苦也只有戍边将士才能体会得到。

最后四句，诗人对战士"望归"的愁苦心情进行了正面描写。

"戍客""思归",只能望着荒凉的边塞,满面愁容却无处可诉说愁苦。天涯共此时,想必家中的高阁也应是这样的夜晚,家中的亲人也应在叹息连连。家人们也许正在举目远眺,思念着"我"这个或许永不归去的征人。此情此景,表现出了征人无声无息的慨叹和无奈。在这里,诗人将战士的思乡、家人的思亲之情与广袤苍茫的荒凉景色融合在一起,哀怨非常,情景交融。

　　综观全诗,李白为读者营造了一种广阔苍茫、气势磅礴的关外图景,以表达边关戍人思乡的情意,也表达了自己博大的胸怀。李白的诗多用"月""旅""酒"来排遣个人的愤懑,而本诗也用"关""山""月"来表达对民生的关心,也表达了一种悲天悯人的心境。全诗气势恢宏,意境深远,凄凉哀婉却又雄浑悲壮,正如任华在《杂言寄李白》中所说:"奔逸气,耸高格,清人心神,惊人魂魄。"

独领残兵千骑归

——《从军行》

百战沙场碎铁衣，城南已合数重围。突营射杀呼延将，独领残兵千骑归。

（唐）李白

这又是一首边塞诗，李白在这首诗中描绘了一位征战沙场的边疆英雄的英勇形象。

首句"百战沙场碎铁衣，城南已合数重围"写将军的戎马人生。无数的征战，留下了一件破碎的铁甲和伤痕累累，足见战场的无情和残酷。现在，这位久经沙场的将军又再次面临一次更残酷的战争——"城南已合数重围"。塞外，城南是退路，却已经被敌人重重包围，将军可能会面临全军覆没的危险。冷兵器时代，突围战是最为艰难的战役之一。面临突围的困境，将军的每一次指挥都至关重要。

"突营射杀呼延将，独领残兵千骑归。"将军选择了"射人先射马，擒贼先擒王"，射杀了敌军的将领呼延（匈奴四姓贵族之一，诗中指敌军的一员悍将），乘机杀出重围，独领残兵，逃出升天。通过这次战役，表现出了这位将军智勇双全、临危不惧的用兵御敌之智和气概。"独领残兵千骑归"中的"独"字展现出了将军独自带领士兵杀出重围，以一敌百的智谋和勇气。胜败乃兵家常事，真正的战场上是没有常胜将军的。这里，诗人将这场惊心动魄的突围战和首句的"百战沙场碎铁衣"相互对照，揭示这场战争也不过是将军经历过的百场战争中的其中之一，更加凸显了将军的威武壮烈，实现了对英雄人物描写的传奇化。

全诗的主要目的是为了表现一位勇武过人的将军的光辉形象，但却将其置身于一场即将战败的战争场景中，一反传统诗人的写法。纵然置身于这场败仗中，将军仍旧没有屈服，相反竭尽全力带领将士们突破重围。通过记述这场战争，李白描绘出一位将军谋略出众、智勇双全的英雄形象。虽然是一场败仗，李白也写得淋漓尽致，呈现在读者眼前的不再是一批残兵败将，而是令人敬佩万分的拼杀沙场、浴血重生的英雄。李白不愧是诗仙，在短短一首绝句中敢于一反常规，描绘一场残酷的战争，并从这场败仗中凸显了主人翁逼人的气势，给人以鼓舞。事实上，置身于唐朝这样一个鼎盛的时代，并不缺少对国家战士的自豪感，即使是一场败仗也败得威风八面。

胡地忆汉家

——《陇头行》

陇头路断人不行，胡骑夜入凉州城。汉兵处处格斗死，一朝尽没陇西地。驱我边人胡中去，散放牛羊食禾黍。去年中国养子孙，今著毡裘学胡语。谁能更使李轻车，收取凉州入汉家。

（唐）张籍

本诗记载的是唐朝时期凉州失陷的史实，突出了当时凉州人民深陷异族统治的苦楚场景。据《资治通鉴》卷二百三十二记载："贞元二年八月，吐蕃尚结赞大举寇泾、陇、邠、宁，掠人畜，芟禾稼，西鄙骚然。"同书卷二百三十三记载："贞元三年六月，吐蕃之戍盐夏者，馈运不断，人多病役思归，尚结赞遣三千骑逆之。焚其庐，毁其城,驱其民而去。"通过这首诗,张籍抒发了对当时边塞人民屈辱的生存状态的同情,并在诗歌结尾处深情呼唤唐朝能出现一位像汉代李蔡那样的将军收复凉州,将凉州人民从水深火热中解救出来。

本诗开头四句主要描写了凉州失陷的经过。"陇头路断人不行,胡骑夜入凉州城",胡骑夜袭凉州城,凉州城的军民迎来了一个生死之夜。"汉兵处处格斗死,一朝尽没陇西地",即使守城将士拼死护城,最终还是难以扭转败局。就这样,凉州城沦陷,变成了吐蕃人的城池。这也就引出了下面两句对沦陷之后百姓生活的描写。

"驱我边人胡中去,散放牛羊食禾黍。去年中国养子孙,今著毡裘学胡语。"凉州失陷,边地百姓生活也因为胡人的管辖而改变。不仅要改变生活习惯,学习放羊,改吃禾黍,还要改穿毡裘,学习胡语。这对于凉州百姓而言,是痛苦而屈辱的,失去了自己的国家、土地和语言,变更了原有的生活、劳作方式,失去了作为汉人的很多特征。

对此,诗人只能发出:"谁能更使李轻车,收取凉州入汉家"的感慨。这两句诗,引用了轻车将军的典故,希望出现一位骁勇善战的戍边将领能带领将士们收复凉州,还归凉州百姓原来的生活。

这首诗先是书写了凉州城的陷落以及华夏民族遭受的苦难,进而借此表达了受到掳掠奴役的人民对于恢复自由、重回祖国的殷切愿望,以及对汉人江山的归属感。"谁能更使李轻车,收取凉州入汉家。"诗人呼吁什么时候能出现一位李轻车,能够解救百姓于水火?通过这首诗,张籍抒发了对失去家园的汉族百姓的同情与厌战、反战的思想情绪以及对和平的渴望。

边塞见闻

——《塞垣行》

疾风卷溟海，万里扬沙砾。仰望不见天，昏昏竟朝夕。是时军两进，东拒复西敌。蔽山张旗鼓，间道潜锋镝。精骑突晓围，奇兵袭暗壁。十月边塞寒，四山泊阴积。雨雪雁南飞，风尘景西迫。昔我事讨论，未尝念经籍。一朝弃笔砚，十年操矛戟。岂要黄河誓，须勒燕然石。可嗟牧羊臣，海上久为客。

（唐）崔湜（一作崔融诗）

开头四句描写了北风卷地，万里扬沙，模糊难辨东西的景象，渲染气氛，与盛唐时期著名的边塞诗人岑参所描写的西北狂风吹着沙石走的场景异曲同工。崔融在《西征军行遇风》中写"北风卷尘沙，左右不相识。飒飒吹万里，昏昏同一色。马烦莫敢进，人急未遑食。草木春更悲，天景昼相匿。"同样是以北方边塞景象为对象，《西征军行遇风》补充了崔融《塞垣行》中没有充分展开的描写。

战争环境浓重阴暗，预示着一场大规模的战斗即将开始。既有扬旗擂鼓的正面进攻，也不乏衔枚疾走的侧面包抄；既有精兵突围，也包含出奇兵以制胜。战斗持续的时间很长，但终于结束了，就连这塞外的风沙也仿佛通了人性，随着战争的结束而渐渐平息。风沙渐退，人们还没来得及高兴，雨雪就登场了，大雁在飞洒的雨雪中南飞。结尾的八句从景物描写转向往事追述，跟今天我们写的三段式议论文的结尾很相像。崔融少年时读经诵文，不敢懈怠，只是随着年龄的增长，人生价值观发生了改变，开始渴望建功立业，向往边塞军旅生活，并毅然投笔从戎，立誓要学窦宪，刻石勒功。这首诗格调苍凉悲壮，风骨健劲，充满了鼓舞人心的正能量。但是，全诗有辞藻堆砌的嫌疑，估计也是宫体诗走向盛唐诗歌的必经之路。尽管存在不足，但其气势之雄浑却已经有了盛唐边塞诗的卓越品格。

思乡情切

——《夜上受降城闻笛》

回乐峰前沙似雪，受降城外月如霜。不知何处吹芦管，一夜征人尽望乡。

(唐)李益

诗人李益早年官场失意的时候，曾游于燕赵一带，并供职于军中。在那个征战连年的时代，他对边塞生活有着十分深刻的切身体会，这也成为他后期创作的主要题材。在当时，诗人边塞题材的七言绝句被谱入管弦，被人广泛传播。因此，后人一直认为李益的诗作才华可直追李白、王昌龄等人。

诗中的"受降城"，修建于武则天景云年间，是朔方军总管张仁愿为抵御突厥入侵而修建的，城共三座。其中，东城在胜州，西城在灵州，中城在朔州。其中，"回乐（县）"位于今甘肃灵武县西南。由此，诗中的受降城指的是西城。杜甫曾作诗云："韩公（指张仁愿）本意筑三城，拟绝天骄拔汉旌。"可见筑城原来的用途就是防敌入侵。然而，自安史之乱至李益所处的时代，局面非但没有好转，反而变本加厉，政治动荡，边关危机重重。在新疆，战士们长期驻守，久久不得还乡，普遍产生了强烈的厌战情绪。

诗的前两句描写登楼所见。在朦胧的月色中，隐约看见万里沙漠和矗立的烽火台。月把沙照得白似雪，而城外也好似铺上一层白霜，令人骤然生寒。这样的景色显然与千里之外的家乡江南迥异。塞外尘沙漫天，月夜凄凉异常。而戍守边疆的战士们背井离乡，也在此时想起了家乡的人和事。由月光联想到冰霜，为全诗增添了一份凄凉，不仅是一种想象，还是一种由内而外的情绪抒发。

虽然这两句中直接写景的词句只有"沙似雪""月如霜"，却向读者展现了一幅生动、鲜明的图景，让人仿佛身临其境，感受到边塞大漠月夜的苍凉和寂寞。诗人通过语言的典型化向读者展示出一幅苍茫的景色，这就是我们所谓的细节描写，让整体形象见于细微。诗人抓住"沙似雪""月如霜"这些最有边塞特征的景象，将整个边疆单调、凄凉的气氛渲染出来，从而用最短的语言表达出了最复杂的意境。

第三句描写了诗人登楼的见闻，起到承上启下的作用。就在登楼的时候，听到寒风吹来远处的一阵凄怨的笛声。这里的"芦管"，本指的是胡笳声，但由题目可得知，这里指的就是笛。在这样荒凉苍茫的荒漠月夜中，听到的笛声显得更加萧瑟凄凉、幽怨异常。在这样寂静的夜里，人们的听觉会变得更加敏锐，而夜声也因此能给人留下更为深刻的印象，给人们造成更大的心理影响。随着远处吹来的夜风，笛声时断时续，以致诗人"不知何处"。同时，这也表明登楼者在仔细倾听，用心思考。

第四句是一句抒情句，用一个"尽"字，巧妙地表达了诗人的思乡之情，还表现了所有"征人"的思乡之情，和《从军北征》所谓"碛里征人三十万，一时回首月中看"表达了同样的意思。这时，诗人心事重重，处处是悠远的笛声，飘荡在整座城楼中。其中，一个"尽"字把诗境大大深化，不但渗透着诗人深刻的生活体验，还包含了丰富的社会生活体验。这句诗使得整首诗的艺术形象得到了升华，达到了典型性。

投笔从戎效古人

——《从军行》

秋天风飒飒，群胡马行疾。严城昼不开，伏兵暗相失。天子庙堂拜，将军凶门出。纷纷伊洛道，戎马几万匹。军门压黄河，兵气冲白日。平生怀伏剑，慷慨即投笔。南登汉月孤，北走代云密。近取韩彭计，早知孙吴术。丈夫清万里，谁能扫一室。

（唐）刘希夷

本诗为唐代诗人刘希夷所作，其作品以歌行见长，多描写闺情，词意柔婉华丽，且多愁善感。其《代悲白头吟》曾有"年年岁岁花相似，岁岁年年人不同"这一名传千古的佳句，相传其舅宋之问欲将此诗据为己有，被刘希夷拒绝，宋竟遣人将他用土囊

（即装土的布袋）压死。刘希夷少有文采，落魄而不拘常规，死时年未三十。

诗人存世的诗作仅有三十余篇。从题材上来看，主要包括从军、闺情；从体式上看，多为古体歌行，主要表达了或慷慨沉重，或哀怨悲苦的感情。刘希夷虽未经历过军旅生活，也从未有过从军的经历，却写出很多军旅题材的诗句，足以表现其意欲投笔从戎的豪情壮志。如其《将军行》中，就有"将军辟辕门，耿介当风立。诸将欲言事，逡巡不敢入。剑气射云天，鼓声振原隰。黄尘塞路起，走马追兵急。弯弓从此去，飞箭如雨集。截围一百重，斩首五千级"的诗句，使一位令胡兵丧胆的将军形象跃然纸上。

本诗正是刘希夷边塞军旅题材诗歌的代表作，描绘出秋风边塞的萧疏景象与军容战阵的雄阔场景。一场战争正潜伏在秋风萧瑟、胡马飞驰的景色中。城门紧锁，城外敌兵四伏。而这时，将军出征，带领着千军万马向边塞前线奔驰而去，豪气冲天，人心大振。诗人通过前四句的精彩描写，将战场的全貌描绘于纸上，寥寥数语就让战场的全貌呈现于读者面前。

从表现形式上看，刘希夷善用古调描写军旅生活，融合诗意与诗语于一体，古朴劲拔。作为初唐诗人，刘希夷的诗歌题材在一定程度上受限于宫廷诗风的影响。但就意旨表现方面，除了明显的改革倾向，还在一定程度上表现出复古的意识。在其诗歌创作中，重视古朴风格的应用，注重意境的高远，因此，就艺术成就而言，刘希夷的这首《从军行》与历史上著名的边塞诗相比，并不逊色。

遗民肠断在凉州

——《西凉伎》

西凉伎，假面胡人假狮子。刻木为头丝作尾，金镀眼睛银贴齿。奋迅毛衣摆双耳，如从流沙来万里。紫髯深目两胡儿，鼓舞跳梁前致辞。应似凉州未陷日，安西都护进来时。须臾云得新消息，安西路绝归不得。泣向狮子涕双垂，凉州陷没知不知？狮子回头向西望，哀吼一声观者悲。贞元边将爱此曲，醉坐笑看看不足。享宾犒士宴三军，狮子胡儿长在目。有一征夫年七十，见弄凉州低面泣。泣罢敛手白将军，主忧臣辱昔所闻。自从天宝兵戈起，犬戎日夜吞西鄙。凉州陷来四十年，河陇侵将七千里。平时安西万里疆，今日边防在凤翔。缘边空屯十万卒，饱食温衣闲过日。遗民肠断在凉州，将卒相看无意收。天子每思长痛惜，将军欲说合惭羞。奈何仍看西凉伎，取笑资欢无所愧！纵无智力未能收，忍取西凉弄为戏？

（唐）白居易

本诗主要抨击当时边将放弃职责，不思收复失地，好大喜功、厚颜无耻的行为，并对边疆人民尤其是艺人的苦难表达了深切的同情。

在这首长诗中，诗人表达了对少数民族艺人和征夫深切的同情，通过描写西域少数民族艺人有家难回与七旬征夫观西凉伎的有感而泣，将安史之乱之后的国家政局之乱表现得淋漓尽致。同时，通过征夫之口，描写出边关将领不思国耻、骄奢淫逸的行为，并对此进行了揭露和鞭挞，感情真挚而激烈。

其中，"西凉伎，假面胡人假狮子。刻木为头丝作尾，金镀眼睛银贴齿。奋迅毛衣摆双耳，如从流沙来万里。紫髯深目两胡儿，鼓舞跳梁前致辞"写出了西凉伎的形态和狮子舞的装饰，情景逼真，生动形象。看似简单，其实却蕴含了真实的历史生活情境，生动地再现了千年前西凉伎舞狮的真实场景。这里的舞狮类似于传统庙会或者杂耍中的舞狮，本身是由西域波斯传至内地，虽然缺乏影像资料，因而文字的记述显得尤为重要。诗中对狮子舞进行了认真细致的描写刻画，让西凉伎的形象跃然纸上，并使读者产生身临其境的感觉。同时，这首诗还表达了对底层人民生活困苦的无尽同情，让读者在领略西域风采的同时，感受诗人悲天悯人的情怀。

"应似凉州未陷日，安西都护进来时"描写了表演发生在凉州未陷的时候。"须臾云得新消息，安西路绝归不得"表演还未结束，却突然听闻通往安西归路不能通行，为下文描写舞者和官吏不同的反应作铺垫。随后，写到"泣向狮子涕双垂"至"主忧臣辱昔所闻"。"自从天宝兵戈起"至"今日边防在凤翔"，无休止的战争为人民带来了无尽的灾难。"缘边空屯十万卒"直至篇末，则是诗人自己的所见所闻，表达对百姓苦难的同情和对官吏冷漠反应的不满。西凉伎为守边将领献舞，却突然得知通往安西的道路断绝，有家难归，悲伤异常。然而，边将们却迷恋舞曲，仍旧要求继续表演。接着，诗人又通过一个七十岁征夫的描述，将情感冲突推向高潮。短短几十年间，边关沦陷，人民流离失所，万里江山被异族侵略。而数十万士卒却在将领的带领下，终日浑浑噩噩、无所事事，沉迷于享乐。显然，将士们已经将凉州遗民忘记了，也将自己的职责忘记了。

整首诗的基调是凄凉的。在边关大地上，除了戍边将士以外，还有西凉伎，底层的人民有家难归，但将军们却在玩乐。怎么能不让人心酸、心寒呢？因此，诗人借助这首诗讽刺了当时戍守边关的将领们骄奢淫逸的生活和不思进取的态度，以表达对底层人民的关心。

春闺梦里人

——《陇西行》

誓扫匈奴不顾身，五千貂锦丧胡尘。

可怜无定河边骨，犹是春闺梦里人。

（唐）陈陶

这是晚唐诗人陈陶所作的四首《陇西行》中的第二首，是诗人的代表作之一。虽然陈陶并不能算作是晚唐时代的大文豪、大诗人，但仅凭这首晚唐边塞诗就足以在文学史上竖立自己的一面旗帜。这首《陇西行》，或者叫作《步出夏门行》，是一首乐府旧题，全诗主要描写边塞战争的场景。其中的陇西指的就是现在甘肃陇山以西，是汉唐以来的军事重地。对于这首诗，多数评论家认为其最大的特色是采用了以少胜多、用有限描写无限的技巧，让这首仅有28 字的绝句饱含了令人惊叹不已的深远内涵。从某种意义上来说，这首《陇西行》已然超出了闺怨诗的范畴。

第一、二句"誓扫匈奴不顾身，五千貂锦丧胡尘"描写了征夫出征不归的场景。出征前发誓横扫匈奴不顾生死，其中，"誓扫""不顾"体现出了边塞将士不畏生死的气概和为国献身的坚定信念。然而，经过残酷的战场厮杀，五千貂锦尽数丧生在匈奴人的刀下。其中，"五千"是虚指，指的是人数多，而"貂锦"则指代边疆征战的将士，其原意是指边塞将士的服饰。战争的残酷就在这种避实就虚的艺术处理手法下，瞬间变得明晰起来。这也表现了诗人以少胜多的高超技术，言简意赅、生动形象。

第三、四句"可怜无定河边骨，犹是春闺梦里人"，这两句诗描写的是在家等待丈夫的怨妇。首先，诗人将诗句的格调定为"可怜"，表达了对征夫怨妇的无尽怜惜，通过描写征夫捐躯沙场引申到怨妇梦里思念丈夫，自然而然地过渡到了下半段对怨妇的描写。尸体已成为枯骨，暴露在荒凉的无定河边。显然这些将士作为这场战争的牺牲品，已经难以和家人相聚了。通过这样的描述，更加凸显了边关战争不断的残酷性和所带来的灾难。虽然人已经死去了，但他们的妻子们却全然不知，春闺暖梦里仍旧盼望着丈夫的归来。通过这种无望的等待，反衬了丈夫死亡的凄凉，更富有悲剧色彩和震撼力——战争为人们带来了沉重的灾难和伤痛。通过"无定河边"与"春闺梦里"这两个现实与梦幻之间的鲜明对比，显得现实更加荒凉凄惨，使人潸然泪下，后者则更加温馨美好，使人怡然欣慰。同时，两者还拉开了空间的距离，让人有一种遥不可及的梦幻感觉，并加重了全诗沉重的感觉。

　　这首诗的着眼点与盛唐边塞诗着力描写雄阔的场景、表达豪迈的情感不同，主要表现晚唐朝纲日坏、国力日衰，无尽的战争为人民带来了无穷的灾难和痛苦，并由此提出反思，表达自己的抵触情绪。其中，以陈陶的这首《陇西行》为代表，辞藻精妙，手法独特，意境深远，最终产生催人落泪的悲剧性效果。难怪作为明朝三大才子之一的杨慎会盛赞它"得脱胎换骨之妙"。

塞外秋景

——《塞路初晴》

晚虹斜日塞天昏，一半山川带雨痕。新水乱侵青草路，残烟犹傍绿杨村。胡人羊马休南牧，汉将旌旗在北门。行子喜闻无战伐，闲看游骑猎秋原。

(唐)雍陶

  显然，从题目《塞路初晴》就能看出，这是一首边塞诗。通常的边塞诗总是会花费大量的墨水去描写战争的激烈程度，字里行间充满烟尘烽火和刀光剑影的味道，最终也要表达一种苍凉、悲壮甚至惊怖的感情。然而，本诗却全然不同，它通过不一样的角度，表达了满腔的热情，讴歌了边塞初秋时节雨后新晴的宁静、安逸和明丽的风光，给人一种焕然一新的感觉，洋溢着浓厚的诗情画意，令人神往。最终，通过这首诗，诗人表达了对和平生活的美好期望。

本诗的前四句，通过一种简练的笔墨和明丽的色彩，写出了诗人在塞上路边所见的景色，向读者展现出了一幅饶有边塞情趣的美好景象。傍晚时分，大雨初霁，草原上斜日反照，大雨的痕迹仍旧残留在山岭、川原。雨后的新水肆意流淌在青草丰茂的路上，而被绿杨簇拥的村庄上也盘旋着久久不能散去的袅袅炊烟。对于诗人而言，这一切是多么地动人而美好。诗人作为成都人，通过自己南方人新奇的眼光审视着这片塞北的美景，字里行间隐隐流露出诗人的欢喜和愉快。

全诗第一、二句正面点题，明确给出了时间和地点，特别重点突出了初晴时候的景象，具有统摄全诗的作用。第一句"晚虹斜日塞天昏"，看似有些反复，但实际上却暗寓着诗人独特的用心。"晚虹"，也即是傍晚的彩虹，写出了诗人傍晚在草原上行走时，最先看到一片魅力的七色彩虹，不由自主地向远处看去。而一个"晚"字，则点明了事情发生的时间。在广袤的天空中，"斜日"与"晚虹"相对，光芒万丈，斜挂天际，与天边彩虹遥相呼应。这样一来，整个画面就变得极为开阔，表现出边塞雄壮的风光。因此，这里的"斜日"并不是为了点明时间，而是对实际景色的描写。其中，"塞天昏"的"昏"字，也不是对时间的描写，而是一种对草原上大雨刚过，空中弥漫着水汽，并形成一幅略带迷离的景象。这正是广袤的草原上，雨后初晴所能见到的景象。而这一句与下句的"一半山川带雨痕"互相辉映，组成一幅壮阔的图景，由远及近。第三、四句则是由远及近，描写诗人脚下之路。

随后，又将视线拉远，描写附近零散坐落于草原上的村庄。这样一来，诗人向读者展现了一幅天上地下、远处近处、景物变化无常且极富有层次感的景象。

另外，诗人除了描写诗中的景物，还将很大的精力用于颜色的搭配上。"晚虹""斜日""青草""残烟""绿杨"，红、青、绿相互组合，色彩明艳，又富有清新之感，风光旖旎而又富有北国雄浑、壮阔的独特景象。在颜色的搭配上，诗人又将其与空间位置上的变化相结合，最终向读者呈现了真实而美好的草原风光，使人仿佛身临其境。

第五、六句写的是诗人在看到这一派大好风光的同时，所产生的感想，是全诗的中心："胡人羊马休南牧，汉将旌旗在北门。"在贾谊的《过秦论》也有句子曰："胡人不敢南下而牧马。"北方游牧民族在每个朝代都有南下侵略的企图，故"南牧"实际上包含了侵略的意思。而"汉将"则是指唐将，这是唐诗中的一种习惯用法。"北门"则指北方门户（《旧唐书·郭子仪传》："朔方，国之北门。"）。这里是在警示北方游牧民族不要妄想南下侵略，因为强大的唐军正驻扎在北方，形成了坚固的长城。这两句诗显得义正词严，给人以凛然不可侵犯的感觉。同时，诗人利用因果倒装的手法以加强全诗中心思想的表达，将"胡人羊马休南牧"的警语放在前面，以突出警示作用。从表面看来，这两句与前四句有些脱节，但仔细品读，不难看出其承上的作用，承接上面的"新水乱侵青草路"。由于雨水充沛，草原上牧草长势茂盛，由此想到了北方胡人南下牧羊马的顾虑。而且，从内在联系上看，这种承接关系非常自然而紧密，在突然性的跳跃中，隐含着紧密而真实的联系。

最后两句中，前一句紧承颈联，而后一句则表达了一种闲情逸致。上一句承接上文对战争的顾虑，而后一句则恢复前面的闲适心境。一个"喜"字，生动地传达了诗人当时的感情。因此，诗人写到自己悠然地观看三三两两的牧民在草原上打猎，往来疾驰，心情轻松舒适。而其中，一个"闲"字与上句的"喜"字遥相呼应，进一步表现了诗人闲适的心境。另外，"秋原"二字也将眼前的场景由虚拟的战争拉回到闲适的场景，诗人的思绪又回到雨后初晴的草原美景中来。而在前四句静景的描写上，诗人又增添了对游骑这一动态景物的描写。动静结合，使整个草原更显得生机勃勃。同时，也将景色变得更加形象、美好。于是，诗人所描写的那明丽、清新的画图逐渐在读者的眼前浮现。而诗句中所透露出的悠然绵邈的韵味情致也令人回味无穷。

本诗前四句在节奏上舒缓平稳，景色一片宁静。而第三联异军突起，突然将整首诗带入了一幅动态的景象之中。其中，在内在旋律的起伏上，突然形成高潮，为读者带来深刻的印象，并使得全诗充满一种刚健挺拔的气势。随后，到尾联又逐渐回归平静，并且又恢复到前四句的景色中来。通过这种跌宕起伏的写法，突出明显的变化，结构上回环往复又表现出浑然天成的统一，展现出诗人独特而高超的艺术技巧。

河湟遗客

——《河湟旧卒》

少年随将讨河湟，头白时清返故乡。十万汉军零落
尽，独吹边曲向残阳。

(唐)张乔

晚唐诗人张乔，生活在一个动乱的时代，而这首诗也主要描写
了一个关于战争的故事。少小离家老大回，乡音未改鬓毛衰。读者
读完这首绝句，一个少年时参军、白头时返乡的老兵形象跃然纸
上。湟水源出青海，东流入甘肃与黄河交汇。而这个合流的地方被
称为"河湟"。其中，本诗中所谓的"河湟"指的是，吐蕃统治者
从唐肃宗时代开始，所侵占的河西陇右的地方。之后，宣宗大中三
年(849年)，吐蕃以秦、原、安乐三州及石门等七关归还唐朝；五年

时，张义潮略定瓜、伊等十州，遣使献图籍，河湟之地完全回归唐朝。然而，近百年的战乱却给人民带来了巨大的伤害。而本诗所描写的"河湟旧卒"，正是当年战乱中幸存的一个老兵。本诗通过他的遭遇，侧面反衬出那个时代的倒影。

本诗的叙事简单，笔调平和，但意味不尽。第一句"随将讨河湟"，看似好奇，却与第二句的"十万汉军零落尽"形成鲜明对比。这样一来，就显得老兵能从战役中幸存至今，可见是多么地难得。

第四句诗则描写了一种悲凉的景色，尤其是"独吹边曲向残阳"，透出了深深的哀伤。其中，"残阳"除了实写景色外，还表明了日暮之年的景象，与白头老人相对应。同时，一个"独"字又表明了老人当时的处境，从军后家乡发生大变故，虽然垂暮之年却老无所依。就这一个字，足以让很多边塞诗黯然失色。从少年到暮年，尝尽了人生的悲欢离合。

然而，毕竟老兵还是幸运的，因为他活下来了。但是，又有多少将士在战争中暴尸荒野，永远无法回到故乡。"十万汉军零落尽"写的就是这样的一个场景，从侧面写出了战争对于唐朝百姓的巨大伤害。而本诗通过描写幸存者来反衬牺牲者的悲惨，使全诗的意境更耐人寻味。而诗人并没有选择直接表达这种哀伤之情，而是通过"独吹边曲"的形式来寄托哀思。夕阳西下，鬓毛斑白，却独自吹着饱含思念的曲子。本诗以一种含蓄的手法描绘出了战争的残酷和人民所经历的灾难，表达了对战争的厌恶和反感。正如陶明浚《诗说杂记》所言："作绝句必须涵括一切。笼罩万有，着墨不多，而蓄意无尽，然后可谓之能手，比古诗当然为难。"

但愿舅甥永修好

——《近闻》

近闻犬戎远遁逃，牧马不敢侵临洮。渭水逶迤白日
净，陇山萧瑟秋云高。崆峒五原亦无事，北庭数有关中
使。似闻赞普更求亲，舅甥和好应难弃。

（唐）杜甫

大历三年（768 年），杜甫旅居夔州，生活困窘且百病缠身，却
仍旧心系国家，关注边关情况。大历二年（767 年），大将郭子仪与
回纥订立盟约，共同出兵征讨吐蕃，大获全胜。次年，吐蕃向大唐
请和，并遣使求亲。杜甫在得知这一消息后，心情大振，并写下了
这首《近闻》。全诗的基调明朗高亢，表现出了诗人内心的舒畅和
愉快。吐蕃军队已退，北方游牧民族不再南下牧马，边疆一片安

宁，似乎一切都变得美好起来。而对于赞普的求亲，杜甫也是持赞同态度，认为和亲能让双方保持长久的和平，并能让战争永远远离汉族人民。本诗反映了杜甫宽广的胸怀和主张各民族和谐相处的观点。其中，后者主要表现为"舅甥和好"一句。唐朝与吐蕃多次和亲，早已形成了很好的"舅甥"关系，并得到了双方的认可。但长久的战争让双方的子民似乎忘却了这重关系。这时候，杜甫虽然无法左右唐朝与吐蕃之间的关系，却可以站在远离硝烟的夔州默默祝愿双方能达成和解，从此舅甥修好，永保和平。

第一、二句是："近闻犬戎远遁逃，牧马不敢侵临洮。"写了北方犬戎战败远遁，不敢南侵临洮。这是对全诗背景的描写，记叙了吐蕃战败的事实，为后文诗人对美景的描写和和亲的发生奠定基础。

第三句至第六句，描写了犬戎战败，全国陷入一片欢欣鼓舞中，都迎来了安宁的生活，似乎预示着之后生活的一片美好，北方游牧民族不再南侵，南方汉人过上了和平的日子，不再面临战乱的滋扰。

最后两句，则又进一步说："似闻赞普更求亲，舅甥和好应难弃。"这时，诗人又听说赞普决定向唐朝和亲，永修舅甥之好。在这里，诗人表达出长期以来对和平的渴望，对平稳政局的殷切希望。

出使塞上之见闻

——《使至塞上》

单车欲问边，属国过居延。征蓬出汉塞，归雁入胡天。大漠孤烟直，长河落日圆。萧关逢候骑，都护在燕然。

（唐）王维

开元二十五年（737 年）春，王维奉玄宗之命远赴西北边塞凉州，慰问战胜吐蕃的河西副大使崔希逸，但这次远行实际上是一次政治上的排挤。本诗正是对这次出使的情景进行了描述。王维当时遭受排挤，心情落寞。只身远赴塞外，诗人被迷人的塞外风光深深吸引，并使自身的情感得到了熏陶、净化和升华。在诗中，诗人表达了一份因为受到熏陶而产生的慷慨悲壮情怀以及一种深沉的豁达。或者说，大漠的异域风情正是在王维的笔下而永载史册。同样，正是因为大漠的壮阔风景使得王维的心胸变得豁然开朗，希望顿现。

"单车欲问边"，描写诗人只身远赴塞外，慰问将士的情景。"属国过居延"，居延城是一个必经之地。而其后，"征蓬出汉塞，归雁入胡天"，山高路远，车篷随风吹起时，飞雁却已然要北归。此情此景，让诗人不禁觉得自己好像"征蓬"一样随风飘零，又恰似和"归雁"一样北去。这两句诗结合了写景、言事、抒情，笔法精妙。经过长途跋涉，诗人最终来到了边疆。"萧关逢候骑"，但最终并没有遇见将官。经过一番询问，却被告知"都护在燕然"，将军仍然还在燕都前线，而诗人的话语却到这里戛然而止，让读者自行想象。

接下来，就是文学史上的千古绝句："大漠孤烟直，长河落日圆。"广袤的大漠上，一缕孤烟；黄河落日，一片宁静。而诗人以洗练、传神的笔法刻画出奇特壮美的塞外景色，笔力苍劲，意境雄浑，视野开阔，被后世的王国维赞为"千古壮观"。其中，"圆"字与"直"字都用得逼真传神，其妙处不可言喻。正如陆时雍在《唐诗镜》所言："五、六得景在'日圆'二字，是为不琢而佳，得意象故。"徐增也在其《而庵说唐诗》说道："'大漠'、'长河'一联，独绝千古。"塞外的荒凉苦寒却在王维笔下成为如此壮阔不失妖娆的景象，实在令人不得不感叹诗人的技巧。

除了本诗外，王维同时还作了一首边塞诗——《出塞》："居延城外猎天骄，白草连天野火烧。暮云空碛时驱马，秋日平原好射雕。护羌校尉朝乘障，破虏将军夜渡辽。玉靶角弓珠勒马，汉家将赐霍嫖姚。"该诗题目下原注曰：时为御史监察塞上作。在当时，北方游牧民族在秋天草黄马肥时节，会以狩猎为名，大规模南下。然而，这样的场景在王维的笔下也成了一组优美的景观。而陆时雍在其《唐诗镜》中评价道："三、四妙得景色，极其雄浑，而不见雄浑之迹。诗至雄浑而不肥，清瘦而不削，斯为至矣。"方东树则在其《昭昧詹言》评价说："《出塞作》，此是古今第一绝唱，只是声调响入云霄。居延塞也，外则出矣。前四句目验天骄之盛，后四句侈陈中国之武，写得兴高采烈，如火如锦，乃称题。收赐有功得体。浑颢流转，一气喷薄，而自然有首尾起结章法。"

　　王维笔下的塞外风光独具风韵，令人神往。在兼具异域风情与辽阔壮观的同时，还能让人受到感染，不禁心胸也变得宽广起来。

凌云壮志

——《燕支行》

　　汉家天将才且雄，来时谒帝明光宫。万乘亲推双阙下，千官出饯五陵东。誓辞甲第金门里，身作长城玉塞中。卫霍才堪一骑将，朝廷不数贰师功。赵魏燕韩多劲卒，关西侠少何咆勃。报仇只是闻尝胆，饮酒不曾妨刮骨。画戟雕戈白日寒，连旗大旆黄尘没。叠鼓遥翻瀚海波，鸣笳乱动天山月。麒麟锦带佩吴钩，飒沓青骊跃紫骝。拔剑已断天骄臂，归鞍共饮月支头。汉兵大呼一当百，虏骑相看哭且愁。教战虽令赴汤火，终知上将先伐谋。

　　　　　　　　　　　　　　　　　　　（唐）王维

这首诗的作者是唐代著名诗人王维，字摩诘，祖籍山西祁县，有"诗佛"之称。这首诗中，王维推崇汉代名将卫青、霍去病、李广利，他们抗击匈奴，功勋卓著，但与诗人所描写的"天将"相比，也只是一名将军。李广利曾奉汉武帝之命，出征大宛，缴获大宛良驹三千匹，但功劳难与"天将"相比。"天将"带领的兵丁勇猛强悍，天下无敌。"画戟"以下六句，通过对战场气氛的极力渲染，烘托"天将"英勇神武的英雄气概。"天将"反映的是王维年轻时的雄心壮志和理想。

全诗二十四句可以分为三个部分。前四句为第一部分，是对将军出征时君臣相送盛况的描写。诗中热烈赞颂了将军的雄才大略，得皇帝亲自推车，满朝官员设宴饯行。接下来的八句为第二部分，不惜笔墨描写了将军的英明神武和为国杀敌的决心，句句用典，用历史上著名的英雄衬托将军建功立业的雄心壮志，京城安逸的生活不是他想要的，镇守边关、抵御外侮是他的追求。守边关，他意志坚定，坚不可摧；带士兵，他爱兵如子，全军劲健勇悍；忧国忧民，他时刻牢记着为国报仇；他神武过人、不畏艰险。这个部分是为下一部分描写战场上的英武作铺垫的。第三部分达到全诗的高潮。王维用夸张的手法、出人意料的想象和急促的节奏，不惜笔墨地描绘这位将军率部行军苦战、创下无尽辉煌的情景，也是全诗最精彩的部分。"画戟雕戈白日寒，连旗大旆黄尘没"，用沙漠急行军中战士们的兵器烘托西北边疆寒冷的日色；就连大军的连旗大旆都被铺天盖地的黄沙所掩盖。"叠鼓遥翻渤海浊，鸣笳乱动天山月"给了我们有声有色的动态画面，画面中有重叠的战鼓声，也有连绵不断的鸣笳声，有大漠沙土的汹涌翻腾，也有天山上的明月因此颤动不停的景象。这个画面让我们仿佛看到大军正在日夜兼程，以不可阻挡的排山倒海之势前行。接下来，将军身披战袍，手持锐器，英姿勃发，一马当先，在千军万马相互厮杀的大场面中，以一当百，奋勇杀敌，迅速使敌人溃不成军，哀号惨叫。"归鞍"引领的诗句描写的是将军一边杀敌，一边激励士兵的画面；结尾处用议论的口吻点出将军善于练兵、用兵的智勇双全，他是整场战争获胜的关键。

王维的诗歌以语言古朴、意境高远闻名于世，这首诗是他年轻时的得意之作，虽然刻画了一位英雄征战沙场的光辉形象，充满了年轻人的朝气和活力，但是与后来以禅入诗的王维判若两人。

白发丹心尽汉臣

——《河湟》

元载相公曾借箸，宪宗皇帝亦留神。旋见衣冠就东市，忽遗弓剑不西巡。牧羊驱马虽戎服，白发丹心尽汉臣。唯有凉州歌舞曲，流传天下乐闲人。

（唐）杜牧

盛唐时代因为安史之乱而走向衰落，也成就了河湟成为军事要地的一个重要契合点。安史之乱爆发，驻守在河西、陇右的军队被调去平定叛乱，导致吐蕃乘虚而入，占领河湟地区。自古以来，河湟之地多有边关要塞，是兵家必争之地。而一旦河湟陷入吐蕃之手，对于唐朝而言，形势并不十分乐观。并且，河湟之地也被视为中华民族古代文化的发源地之一，其陷落对于唐王朝而言，简直就是一个民族的巨大耻辱。而诗人杜牧正是一个身逢晚唐乱世的文人，因有感于国家的内忧外患，积极主张内平藩镇割据、外抵异族侵侮，以图收复失地，恢复强盛。因此，他先后写了多首诗表明这一观点，其中《河湟》便是代表。

全诗可以分为两层，前四句为一层，后四句为一层。诗歌的前四句连续用了三个典故。其中，第一句的"借箸"，引用的是张良的故事。据《史记·留侯世家》记载，张良在刘邦吃饭的时候献策道："臣请借前箸为大王筹之。"而这里，借箸并不仅仅指的是"筹划"，还有将元载比作张良的意思。杜牧之所以将元载与张良类比，正是因为其主张收复河湟失地，与诗人的政治主张相符。第三句的"衣冠就东市"，引用的是晁错的故事。元载的主张、遭遇与晁错颇为相似，因此，向其暗示要留意边事，不要尽心谋划策略，最后却招来杀身之祸。诗人之所以用晁错来作比较，是为了表达对元载身死的痛惜。第四句的"忽遗弓剑"则引用的是黄帝乘龙升仙的传说，指的是宪宗之死，暗指其喜好岐黄之术，迷恋长生不死的传说。但从言语中可以看出杜牧对宪宗早逝的感叹惋惜。而上述诗句完全采用一种叙事的口吻在描述，丝毫没有任何议论的语句，但因为杜牧本身深谙故事，用典精确，最终透过一个个的典故表达了对河湟迟迟不能收复的惋惜和无尽的感慨。

后四句诗人采用了强烈的对照描写手法，表达了鲜明的爱憎态度。虽然身居河湟的百姓身着异族服装"牧羊驱马"，处境十分艰难，但每个人却心存铁血丹心，誓要永远效忠唐朝。对于统治者，诗人则采用间接描写的手法，抓住富贵闲人陶醉于凉州歌舞的这一细节，表现了这些人全然将国耻忘却，终日醉生梦死。这四句诗表达了诗人对百姓精神的赞叹和对这些权贵的愤怒、鄙夷。同时，诗人还采用侧面描写的手法表现了唐代后期河湟之地沦陷于外族之手后，当地百姓在着装和行业上的一些变化，将古代甘肃人民的生活状况真实地展现在读者面前。

　　杜牧在这首诗中的写作手法有颇多亮点，不愧是大家。首先是用典精确。通过对元载与宪宗、张良、晁错、苏武等著名人物的类比，利用典故使其更具深意，且将自己的感情倾向表达出来。第二是转折和对比手法。前四句在意思上即为两组转折，抒发了壮志未酬身先死的慨叹；而后四句则将白发丹心的汉臣与沉迷享乐的"闲人"进行对比，并将这些反面的闲人与前面有安边之志的元载、宪宗形成对比，形象鲜明，观点明确。由此，可以看出全诗讽刺意味十足，内涵深刻隽永。全诗写得古朴典雅，苍劲而不枯直，阔大而显深沉。对于诗人，明代杨慎曾在《升庵诗话》中评价道："律诗至晚唐，李义山而下，惟杜牧之为最。宋人评其诗豪而艳，宕而丽，于律诗中特寓拗峭，以矫时弊。"而《河湟》也成为诗人作品中表现其这一艺术特色的主要作品之一。

厌倦戎马

——《征人怨》

岁岁金河复玉关，朝朝马策与刀环。

三春白雪归青冢，万里黄河绕黑山。

（唐）柳中庸

《征人怨》是唐代诗人柳中庸的代表作之一。柳中庸名淡，以字行，河东（今山西永济西）人，是唐宋八大家之一的柳宗元的族人。这首《征人怨》秉承了诗人写边塞征怨为主的风格，只是意志消沉，已经没有了盛唐时期的气象，但是传诵极广。诗中的金河、玉关、青冢、黑山都是西北边塞地区的地名，其中，玉关就是玉门关，因西汉汉武帝开通西域道路、设置河西四郡而设立，西域输入中土的玉石取道于此，因此得名，其故址就在今天甘肃敦煌的西北小方盘城。

全诗反映了边塞征人对自己久戍不归的怨恨，反映了征夫长期守边，漂浮不定难以还乡的怨情。首句写守边的时间延续和地点转换说明守边没有尽头；第二句通过战争不息的描述反映生活的单调凄苦；第三句通过边塞气候条件的恶劣暗示生还无望的绝望；第四句通过描写边塞的形势说明军旅生涯的无边无际。征人远离家乡，年年辗转于西北苦寒之地，天天与兵器为伍。中原地区的暮春三月，春暖花开，边塞苦寒之地却飘着白雪；黄河曲曲折折地环绕着阴森荒凉的黑山。天地万物仿佛都能让人惆怅、烦闷。全诗没有一个"怨"字，怨字却无孔不入、无处不在。诗人从怨情的缘由入手，从时间和空间落笔，以"岁岁""朝朝"的戎马生涯和"三春雪"与"黄河""黑山"等自然景象现身说法，话虽不多，征战之人厌倦戎马的怨情却表现得淋漓尽致。全诗对仗工整，语言精工自然，浑然天成，实属绝句中的上乘之作。

柳中庸另外一首《凉州曲》同样描写征人远戍边塞不得还家的怨愤："关山万里远征人，一望关山泪满巾。青海戍头空有月，黄沙碛里本无春。"但是着重描写戍边将士的生活和感受。千山万水来到边塞关山的将士，看着荒凉的景色难免潸然泪下。戍守青海的将士抬头能够看见明月当空，远远看去却是黄沙一片，似乎大漠没有春天。这两首诗与王之涣的《凉州词》表达的已经相通，都是边地苦寒思乡，意义也大同小异，可互为注脚进行欣赏。

悲喜矛盾

——《凉州词》

昨夜蕃兵报国仇，沙州都护破凉州。

黄河九曲今归汉，塞外纵横战血流。

（唐）薛逢

　　这首诗的作者薛逢，字陶臣，蒲州河东（今山西永济县）人，是唐会昌元年（841 年）的进士，官至尚书郎。诗中的"沙州"，指今甘肃省敦煌市，因敦煌四周被沙漠戈壁包围，它地处塔克拉玛干沙漠的东端边缘，又有"沙漠绿洲"的称号；"黄河九曲"代指黄河，它发源于青海省的巴颜喀拉山，流经青海、四川、甘肃、宁夏、内蒙古、陕西、山西、河南、山东 9 个省区，最后在山东省东营市的垦利县注入渤海，因黄河流经九个省区，各个省区又由其中的大渡口而闻名天下，因此用九曲代指黄河，这里却是泛指黄河流域。

薛逢的这首《凉州词》史料价值远远大于艺术价值，是文学史上反映张义潮收复凉州、吐蕃内乱史实的唯一作品，这一点从诗中"沙州""凉州"等地名可以做大致推断，战事发生在中唐河湟（也就是今天甘肃、青海一带）。这一地区本是吐谷浑的领地，后来因其内讧，国王被杀死，唐朝曾接管过那里的军队。但是由于吐蕃凶悍，且不断侵扰内地，经过长年战争，吐蕃夺走了这片土地。

这首诗的故事蓝本是唐朝大中初年，吐蕃因统治阶层的内讧开始连年战乱，唐朝的张义潮带着沙州人民起义，赶跑了吐蕃守将，占领沙州和瓜洲等地，并派人向朝廷告捷。接着，张义潮秣马厉兵，积极备战，在其后几年相继收复甘、肃、秦、原等地区，到了宣宗大中年间，朝廷正式承认张义潮的功劳，曾任命他为沙州防御使和归义军节度使。咸通二年，张义潮再次率军，收复凉州。

这首《凉州词》的背景是公元851年某一天的夜里，沙州节度使张义潮借吐蕃内乱之机，带着守边的少数民族士兵组成军队，一举拿下凉州城，被吐蕃占领的属地终于被收回。因此，诗人在文中用"昨夜蕃兵报国仇，沙州都护破凉州"，平直叙述了从"报国仇""破凉州"等中表现出来的强烈感情和欣喜之情。接下来的"黄河九曲今归汉"，有非常浓重的自豪之情，九曲十八弯、绵延千里的黄河终于重归唐朝（诗中的"汉"即唐朝，是唐朝诗人一种代指的习惯）。全篇的结语是"塞外纵横战血流"，作者在感慨连年的征战下是累累白骨和鲜活生命的逝去！但是，诗人又认为将士们的牺牲很有意义，是他们以生命为代价换回了国土的失而复得，带给了边塞人民长久和平的希望。同时，诗人的感情存在悲与喜的矛盾，边塞军士们视死如归的精神让他也热血沸腾，祖国军队收复失地让他也欣喜非常。同时，吐蕃人民深受内乱之苦让他感同身受，有着隐约的悲伤。正是这种悲喜情感的跌宕起伏让这首诗突破了爱国主义的局限，上升到人道主义的高度。诗人歌颂视死如归的献身精神，他爱国家，但是也热爱和平，为底层人民的苦难悲伤。

马革裹尸

——《塞上曲》

　　去年转斗阴山脚，生得单于却放却。今年深入于不毛，胡兵拔帐遗弓刀。男儿须展平生志，为国输忠合天地。甲穿虽即失黄金，剑缺犹能生紫气。塞草萋萋兵士苦，胡虏如今勿胡虏。封侯十万始无心，玉关凯入君看取。

（唐）贯休

　　贯休，姓姜，字德隐，婺州兰溪(今浙江兰溪)人。7岁的时候就出家，后来云游四方，是晚唐著名诗人。贯休虽然是修佛入禅之人，但是他的边塞诗写得非常豪迈。晚唐时期，时局动荡，边塞无宁日，贯休通过自己的诗句反映这一社会现实，抒发自己强烈的感情，而本诗写出了将士们出塞时的英武豪情。

接连两年时间，将士们东突西进，征战沙场，他们这样辛苦为的就是"男儿须展平生志，为国输忠合天地"。他们立志于建功立业，能够为国家尽忠。为了能够实现这种远大的抱负，就算环境再艰苦、厮杀再血腥他们都愿意接受。在这种崇高的目标之下，他们根本不在乎所谓的赏赐和封侯，为国杀敌、保家卫国才是他们最终的理想。在边塞征战是将士们的雄心壮志，守卫疆土才是他们最为重视的事情。

贯休的诗歌中展现将士们死守边疆的信心，颇有霍去病"匈奴未灭，无以家为"的英雄气概。贯休的边塞诗风格非常特殊，他惯用比喻和夸张的手法描写景物，比如诗歌《入塞曲三首》之二中的"远树深疑贼，惊蓬迥似雕"；《古塞下曲七首》之四中的"风刮阴山薄，河推大岸斜"都是如此。

有功难封

——《胡无人行》

霍嫖姚，赵充国，天子将之平朔漠。肉胡之肉，烬
胡帐幄。千里万里，惟留胡之空壳。边风萧萧，榆叶初
落。杀气昼赤，枯骨夜哭。将军既立殊勋，遂有胡无人
曲。我闻之，天子富有四海，德被无垠。但令一物得所，
八表来宾，亦何必令彼胡无人。

(唐) 贯休

晚唐时期，边塞地区危机四伏，唐朝政府采取穷兵黩武的开边
战争，贯休始终关注于此，通过一些文学作品对此给予批判。本诗
就从汉代名将霍去病和赵充国说起，二位将军均在对异族的残酷战

争中建立了功勋，对战争取得胜利立下了汗马功劳。但是在作者的眼中，武力征服过于残酷，圣明的天子应该德才兼备，怀柔八方。在贯休之前，李白和吴均也曾作过《胡无人》，尤其在李白的诗中写道："严风吹霜海草凋，筋干精坚胡马骄。汉家战士三十万，将军兼领霍嫖姚。流星白羽腰间插，剑花秋莲光出匣。天兵照雪下玉关，虏箭如沙射金甲。云龙风虎尽交回，太白入月敌可摧。敌可摧，旄头灭，履胡之肠涉胡血。悬胡青天上，埋胡紫塞傍。胡无人，汉道昌。"

不过李白处于盛唐时期，他站在大汉民族的立场上，渴望汉军能够战胜胡兵，清除边疆上的种种隐患，从而让边疆人民过上宁静而幸福的生活。从此出发，李白的这首诗中透露着积极的思想，展现了一种爱国主义。但是李白作为一位浪漫主义诗人，其诗歌中的"履胡之肠涉胡血""悬胡青天上，埋胡紫塞傍"和"胡无人，汉道昌"到底不如现实派诗人杜甫的"苟能制侵凌，岂在多杀伤"公允一些，更不如本诗的深刻，发人深思。贯休的这首《胡无人行》立意高远，展现了诗人的博大胸怀，具有一定的积极意义。

贯休写过很多边塞诗，在其他的诗歌中也表达了对守卫边疆、不能回家的战士们的同情，同时也有对将士们有功难封的状况的不满，比如《古塞下曲七首》之一写"唯有南飞雁，声声断客肠"，展现的就是一种深沉婉转的思乡之情；再如《古塞下曲四首》之三中的"日向平沙出，还向平沙没。飞蓬落军营，惊雕去天末。帝乡青楼倚霄汉，歌吹掀天对花月。岂知塞上望乡人，日日双眸滴清血"展现的是将士们对家乡的思念。比起边疆的凄凉和伤感，"帝乡"则显得歌舞升平,达官贵人们过着骄奢的生活,贯休作为一位方外之人,对此看得非常透彻,展现出来的思想也更耐人寻味。

晚唐属于乱世,此时贯休的边塞诗和当时的政治气氛相投,他的诗歌中也多有凄惨恐怖的词语,比如"鬼""哭""腥""骨""阴""凶""妖""血""死"等等,在营造一种毛骨悚然气氛的同时,也从侧面反映了晚唐当时的时代气氛对人们的影响。比如在《古塞下曲四首》之二中就有"战骨践成尘,飞入征人目。黄云忽变黑,战鬼作阵哭。阴风吼大漠,火号出不得。谁为天子前,唱此边城曲"的诗句,阴风怒吼,神鬼哭泣,一种悲惨的气氛跃然纸上,诗歌非常生动地描写了将士们艰苦的生活状态和痛苦无助的心境,同时他们对战争充满了厌恶。再比如"豺掊沙底骨,人上月边烽"(《边上行》);"朔云含冻雨,枯骨放妖光"(《古塞上曲七首》之二);"月明风拔帐,碛暗鬼骑狐"(《古塞上曲七首》之一);"地角天涯外,人号鬼哭边"(《古塞上曲七首》之六);"战马龅腥草,乌鸢识阵云。征人心力尽,枯骨更遭焚"(《古塞上曲七首》之四);"战血染黄沙,风吹映天赤"(《古塞下曲四首》之四)等等,这些无一不渲染了一种悲惨的气氛,格调也较为哀怨。

功成骨枯

——《己亥岁（其一）》

泽国江山入战图，生民何计乐樵苏。

凭君莫话封侯事，一将功成万骨枯。

（唐）曹松

　　曹松是晚唐诗人，字梦征，舒州（今安徽桐城）人。这首诗题下注是："僖宗广明元年。"据此可以推断本诗大约作于广明元年，诗人在追忆过去的事情，其用"己亥岁"作为一个醒目的标题，以表示自己所作均为真实的社会现实。

　　"泽国江山入战图"，表明大部分的疆土已经陷入战争之中。安史之乱后，唐王朝处于内忧外患中，之后大规模的农民战争不断爆发，政府对此进行镇压，反而激起了更多的民众揭竿而起，一时间全国大部分的疆土处于战火之中，四处狼烟纷飞，自然在战争中受苦难最严重的还是黎民百姓。

"生民何计乐樵苏"，人民没有什么奢望，只希望能过上打柴割草的普通生活，但是现在战火连天，他们连最简单的快乐都享受不到，诗句中的"乐"反倒是衬托出了百姓们的生活艰苦。

"凭君莫话封侯事，一将功成万骨枯"，在中国古代是用取得的首级数来计算功劳的，此举造成了大量的杀戮。大量的人死于战场，这是血淋淋的事实，但是这些却是将军们建功立业的凭证。难怪诗人不断摇手，不愿意再提起封侯的话了。此时的诗人非常无奈，通过"凭"一个字就可以看出。好一句"一将功成万骨枯"，此句更给人以警醒。而这句诗和前人的"可怜白骨攒孤冢，尽为将军觅战功"相比，更为深刻，更能发人深思，而这句也因此而成了千古名句，要知道一个将军的成功，或者一段战争史就是一大部分人民的牺牲史。

辑四

抵御外辱，保家卫国——宋元明清近代

战事纷纷，边关市场面临着来自外敌的侵扰，而最苦的也不过是边关的百姓和边防将士。虽说"将军百战死，将士十年归"，但在不同的时代，随着国势的强衰，诗人们表达出了不同的气魄和感怀。那么，我们且看看，这些文人墨客、将军幕僚们各怀着怎样的心思。

塞外汉女

——《出塞》

妾在靖康初，胡尘蒙京师。城陷撞军入，掠去随胡
儿。忽闻南使过，羞顶杀羊皮。立向最高处，图见汉官
仪。数日望回骑，荐致临风悲。

(宋) 曹勋

本诗主要描写的是靖康之耻后，一名被掳走的女子的故事。北
宋钦宗靖康二年（1127 年）四月，金兵破东京（今河南开封），在
城内搜刮数日，劫虏徽宗、钦宗二帝及其后妃、皇子、宗室、贵卿
等数千人，东京城中公私积蓄被洗劫一空。至此，北宋灭亡，史称
靖康之耻。出塞，古乐府曲牌名。

靖康之耻，两位皇帝同时被掳走，实在是宋王朝的巨大耻辱。但因此而遭受更多灾难的是百姓，侵略和战争为人民带来了巨大的灾祸。在靖康之变中，除了皇帝、王公贵胄被掳走外，还有很多民众，尤其是妇女被掳至塞外荒凉之地。而曹勋这首诗，讲的就是一位被掳去的妇女在边地的凄凉生活。本诗以第一人称的口吻，讲述了主人公在靖康年间遭受的不幸。虽然主人公已经在塞外定居，但仍旧对中原的人事心心念念。因此，才会在听说南宋的使者从道中经过的时候，为自己的胡人装束而感到羞愧。她只能远远地眺望中原的来使，聊作心灵的一种慰藉。然而，之后却因此留下久久不能退去的悲伤。总而言之，本诗反映了本来在故乡安居乐业的汉民，因为侵略战争而饱受摧残、背井离乡的凄惨命运，并表达了作者深切的同情。

这首诗语调平淡，以一种叙事的口吻来叙述了"妾"的悲惨命运。前四句"妾在靖康初，胡尘蒙京师。城陷撞军入，掠去随胡儿"写出了主人公被掳走的经过，被掳走后，被迫嫁与胡儿。身陷北地已属悲惨，还被迫嫁给胡儿，这对于汉族妇女而言更是奇耻大辱。随后，又写到汉使经过："忽闻南使过，羞顶毅羊皮。立向最高处，图见汉官仪。"因为羞于见到故国使者，故而掩面不见。但又忍不住想见此人，聊表对故国的思念。因此，只能在高处悄悄窥探。但是，无奈汉使还是回去了："数日望回骑，荐致临风悲。"妇人只能空自嗟叹命运不济，临风悲伤不已。

本诗通过描写一个妇人的遭遇，写出了被掳到北地的百姓的悲惨处境。身处异国，受到胡人的统治，甚至妇女还要嫁给胡儿，这样的命运怎能不让人感慨，怎能不让人同情？通过一系列的心理描写和细节描写，描绘出了一幅令人哀伤、惋惜的画面。

塞外秋景

——《渔家傲·塞下秋来风景异》

塞下秋来风景异，衡阳雁去无留意。四面边声连角起。千嶂里，长烟落日孤城闭。浊酒一杯家万里，燕然未勒归无计。羌管悠悠霜满地，人不寐，将军白发征夫泪！

(宋) 范仲淹

北宋仁宗康定元年，范仲淹受朝廷派遣，远赴西北边地守边四年，而本词正是在这期间所作，抒发了词人在西北戍守时的感慨。

词的上片主要描写塞外秋景。"塞下秋来风景异"，其中一个"异"字，写出了在诗人眼里，西北边地风光与中原风光之间巨大的差异。置身于这样的景色中，诗人又会产生怎样的感想呢？"衡阳雁去无留意"，是雁去衡阳的倒文，衡阳雁归去，一去不回头。

衡阳也即今天的湖南省衡阳市，旧城的南面有座回雁峰，相传大雁飞到这里便停止南飞。借此说明，北雁南飞，毫不犹豫地飞往南方，毫无留意。这一句，意指北方风物人情与南方非常迥异，让人不愿留在北方，选择南飞。

上片最后的三句，词人对"异"做出了具体的描述："四面边声连角起。千嶂里，长烟落日孤城闭。"边声是指边地独有的声音，是一种凄凉的腔调，李陵《答苏武书》对此曾有过这样的描写："侧耳远听，胡笳互动，牧马悲鸣，吟啸成群，边声四起。"而在这凄凉的边声音调上再加上军营的号角声，显得更加凄凉悲壮。"千嶂"两句，更是极力写出了边塞荒凉壮阔的风景。重峦叠嶂孤独地耸立在边疆土地上，斜阳西下，烟雾萦绕，一座孤城在千山万壑之中紧闭着。短短三句词，就将西北边城凄凉荒芜的景色描绘得形象逼真，并将其意境完全烘托出来，不愧是一代词人。如果对这三句词仔细琢磨，便能看出其中的很多巧妙之处，其中叠词的运用也是一个亮点。词人利用叠词，只用三个动词，"连""起""闭"，但字字入扣，显得非常独特。这三字不仅显示出西北边防的戒备森严，以及紧张凝重的时局，更突出显示了边地军民异常紧张的精神和高度警惕的状态。

随后，词的下片转入了抒情。"浊酒一杯家万里"，"浊酒"与"家万里"之间形成强烈对比，一杯浊酒完全不足以消除万里思归的愁绪。然而，除了借酒消愁外，词人又能如何解忧？"燕然未勒归无计"，归期不定，这愁绪到底何时才能消除？燕然，即今内蒙古境内的杭爱山。勒，刻石记功，尚未功成名就，时局尚未安定，便不能回家。公元 89 年，东汉窦宪北击匈奴直至塞外三千余里，直到燕然山勒石记功方才返回。这里引用了窦宪的典故，只为说明归期未有期，自己尚有报国之志。

屡弱的北宋王朝一直处于一种积贫积弱的状态，因此，宋朝词人的边塞诗歌已不复盛唐时的雄壮之音，相反，更多的是表达一种沉重的哀伤之情。北宋宝元元年（1038 年）十二月，夏州地方割据势力赵元昊率兵反叛宋朝，次年（1039 年）正月，其上表请称帝改元。随后，发动战争。康定元年（1041 年）正月，带领西夏叛乱部队进攻延州，将延州包围了整整七天，并俘获北宋部队主要将领鄜延、环庆两路副都总管刘平和鄜延副都总管石元孙三人，"城中忧沮，不知所为"。时值一场大雪降临，西夏撤兵，延州城得以保住。然而，这件事却把一些贪生怕死的官吏吓得半死。随后，新任延州知州张存久不到任，刚上任便向时任陕西经略安抚副使的范仲淹提出两点要求："素不知兵"；"亲年八十"，并要求调到内地做官。此时，范仲淹不得不挺身而出，上表自请代张存知延州，主动承担保家卫国的重任。

这种场景如果发生在盛唐时期，必当是一副壮志凌云的形象，但在这个屡弱的宋朝，却显出一副凄凉景象。虽然范仲淹希望干出一番业绩，试图扭转乾坤，永保边疆和平。然而，事与愿违，他根本不可能成为"勒燕然"的窦宪。因此，词人怀着满腔的悲愁情绪写下了这首词。在霜寒漫天的夜晚，众将士们随着悠悠的羌管声，陷入了沉痛的悲慨中，手抚白发，悲自心生。

一个时代有着其独特的基调，这首《渔家傲》也充满了北宋王朝的基调，低沉、悲愤而又踌躇不得志，情绪低迷不得舒缓。北宋不同于盛唐王朝，那时民族矛盾也没有北宋时期那么尖锐，民族意识高涨，整个时代显得尤其沉闷。范仲淹到了边地后，只能即可展开消极防御的措施，并无力选择率兵北追异族，收复失地。从这首词中，读者能明显地感觉到整个黑暗时代的倒影。而这种忧愁的基调与词中所描绘的景色相结合，使得整首词显得更加苍凉荒芜，这也是盛唐时的诗句中很难见到的哀婉苍凉。王昌龄的"青海长于暗雪山，孤城遥望玉门关"，同样是对边关荒芜景象的描绘，却写得气势磅礴，壮志满满。随后，"黄沙百战穿金甲，不破楼兰终不还"，更是豪情万丈，与范仲淹的这首词形成了鲜明的对比。

登剑阁有感

——《水调歌头·题剑阁》

万里云间戍，立马剑门关。乱山极目无际，直北是长安。人苦百年涂炭，鬼哭三边锋镝，天道久应还。手写留屯奏，炯炯寸心丹。对青灯，搔白首，漏声残。老来勋业未就，妨却一身闲。蒲涧清泉白石，梅岭绿阴青子，怪我旧盟寒。烽火平安夜，归梦绕家山。

(宋)崔与之

崔与之(1158年—1239年)，字正子，一字正之，号菊坡，广州增城（今属广东）人。于绍熙四年（1193年）中进士，后在端平元年(1234年)担任广东经略安抚使兼知广州，次年除参知政事。三年，拜右丞相兼枢密使。嘉熙三年致仕卒。著有《崔清献公集》。崔与之是南宋一代名臣，开创了以"雅健"为宗旨的岭南词风，并被奉为"粤词之祖"。这首词正是崔与之的代表作之一，也是粤东词界的扛鼎之作。全词风格激昂雄壮，颇具苏轼、辛弃疾的文风。本词作于崔与之在成都知府任职期间，同时兼任成都府路安抚使时，登临剑阁后有感而作。当时，淮河秦岭以北的大片疆土都被金人所占，而词人立于剑阁之上，遥望中原沃土，不禁兴叹国仇家恨，唏嘘不已。这首词的总基调是恢宏壮观、苍凉抑郁的。

上片主要书写国仇家恨，战争将多重灾难嫁接到了这片土地上，从而表达了词人忧国忧民的思想情怀；而下片则立足于个人遭际，国家大业未完成，而自己却归隐故乡。这首词突出了词人的家国思想，表达了家国两难全的矛盾心理，真实、诚挚。

全首词以"万里"起笔，显得气势恢宏，为下文抒发豪壮的情感奠定了基调。这句话不仅描绘出了剑门关雄伟的气势，还表现出了词人作为一方主帅的气魄与胸怀。第二句则表现出了词人的军人本色。词人骑马立于剑门关这一南宋王朝的重要军事关隘上，北望中原，思绪万千。这时，他的眼里，到底映现了什么？中原早已陷于金人手中，百姓生活在敌人的铁蹄之下，过着屈辱而艰难的生活。随后，"人苦"两句概括了北宋灭亡以来中原百姓的悲惨命运：百年来，生灵涂炭，边境的形势更是严峻，无数军民在战火中罹难。从这两句中，可以感受到词人对于战乱所带来的巨大灾难和黎民所遭受的苦难表现出了极大的同情，相反也表达了对敌人肆意践踏生命的仇视。随后，"天道久应还"语意一转，明白地表明了词人对战争胜利拥有着强烈的希望和信念，并表达了对收复失地的期盼。上片最后两句表明了词人要亲自献上奏章，坚守边关，尽忠职守，为保护辖区内百姓不受金军迫害而尽心尽力。这两句表现出了词人慷慨豪迈、情真意切的情态，并展现了词人真挚的爱国精神。

下片词人又将思绪从剑门雄关拉回现实，着笔描写词人赋词时的场景：青灯伴我度过长夜，一位老者独自搔着白发，空自回忆过往，禁不住对镜长叹岁月不饶人，功业未就而人已老。这里的功成名就并非仅限于个人的事业，更多是指国家的复兴大业。复国大业尚未完成，自己却因年老而隐退赋闲，实在是一个巨大的遗憾。词人怀着对故土的深切热爱，亲切地回忆起了故乡蒲涧的流泉白石和梅岭的绿荫青子，如今自己已很久没有回过家，早已忘却对它们的旧盟约。这两句词借用清泉梅子等的约定对话，来表达自己对故乡的思念之情。下片的最后两句则是对前文的一个交代：虽然我辜负了与故乡山水的约定，但家国未复兴，战火还未熄灭，自己的抱负也尚未完成，也只能魂归故里了。

本词，上片铿锵有力地描写出了词人的报国之志，并将其与下片深刻的思乡之情相结合，将自己内心刚柔并济的复杂心情很好地传达给了读者。

世间哪得由自己

——《被檄夜赴邓州幕府》

幕府文书鸟羽轻，敞裘羸马月三更。未能免俗私自
笑，岂不怀归官有程？十里陂塘春鸭闹，一川桑柘晚烟
平。此生只合田间老，谁遣春官识姓名？

(金)元好问

元好问(1190年—1257年)，字裕之，号遗山山人，世称元遗
山。金宣宗兴定五年（1221年）考中进士，所作诗文合订成《中州
集》十集。正大五年（1228年）十月，元好问母亲过世，按当时风
俗，元好问必须从河南内乡县县令任上辞官，回家服丧。时年39
岁的元好问赋闲在家一年半，到正大七年（1230年）春，因收邓州
守将移剌瑗所邀出任幕僚。元好问感到国难到来，在接到文书后，

即刻赶路，行走在去邓州的路上。邓州位于内乡以南，路程并不算远，朝发夕至。而本诗也正是在这时候所作。

这首诗有一个明显的特点，那就是结构上的抑扬顿挫，开合变化，跌宕起伏，转承自然。第一句"幕府文书鸟羽轻"，直入主题，讲述自己奔赴邓州的原因。其中的"幕府"，是指古时军队出征时，使用帐幕，因此用幕府来借代军政大吏的府署，而本诗指的是邓州州府。其中，"鸟羽轻"，一语双关：一是指插有鸟羽的征召文书，类似于"鸡毛信"，表紧急；二是指如同鸟飞翔一般快的速度。通过这三个字，诗人表现出了征召情况的紧急性，并暗含了不得不疾驰而往之意。本诗的第二句承接上句，紧扣题目进行描写，具体描写了诗人连夜赶赴邓州的情景。"敝裘羸马月三更"，身穿破衣，骑着瘦马，踏着半夜的月光赶路。本句利用三个不具关联性的名词性词组，描绘出一幅清冷而略带凄凉的图景，不仅表现出赶路之早，还暗含了国家处于危急之中，诗人内心饱含焦虑的状态。可以看出，诗句中的自然意象和人事意象都是经过其精心挑选的，融合自然，表现出一种耐人寻味的意境。

随后，诗人笔锋一转，颔联是一段诗人的内心独白："未能免俗私自笑，岂不怀归官有程?""未能免俗"，引用古代成语。据《世说新语·任诞》载，阮咸家贫，七月七日，富人在庭中晒衣，皆纱罗锦绮，阮咸以竿挂大布犊鼻裈于中庭，人或怪之，答曰："未能免俗，聊复尔耳。"诗人用在这里，隐含着自嘲的意思。全句的意思是指：我不能免俗，出仕为官；然而，自己也难免笑话自己。"岂不怀归"，引用了《诗经·小雅·出车》中"岂不怀归，畏此简书"一句，用典十分贴切。全句的意思是指：官府急召，并非我本意，我也是想回家的。因此，我不得不在这月夜里急着赶路。由此可见，元好问当时被聘至邓州，并非出于本意，由于国家有难，官府催得紧，不得不立即动身。这里表现出了元好问对国家的忠诚和对国事的关心之情。通过两句中各一次的转折，出句与对句之间用"未能""岂不"两对虚词作为转接，表达出诗人内心重重的矛盾，让全诗的感情跌宕起伏，丰富多彩。

颈联写景，"十里陂塘春鸭闹，一川桑柘晚烟平。"眼见着春鸭在十里池塘中嬉闹，一片热闹景象，而远处川原中，一缕缕晚烟萦绕在桑树和柘树之间，一派美好的景象。而诗人也从其中欣赏到了美好的自然风光。不知不觉中，暮色来临，田间农夫纷纷回家，而自己却在奔赴邓州的路途中。这两句诗也流露出了诗人对田园生活的眷恋。

尾联："此生只合田间老，谁遣春官识姓名？"指的是，诗人愿意此生终老于田间生活，但因为朝中官员知道自己的姓名，实属无奈。"春官"出自《周礼》："春官宗伯。"春官为礼官，执掌典礼，后世用以借代礼部。礼部掌贡举之明，因此，诗人用"春官识姓名"来表示有人举荐自己的意思。尾联与颈联相互映衬，明白地表明了自己不愿入仕为官，而愿意出仕终老田间的意愿。然而，诗人因为心念国家安危，战胜个人意愿，马不停蹄地奔赴邓州，这其中表现出了诗人矛盾的心理。整首诗围绕着诗人这种矛盾复杂的心理，层层递进，逐渐深入，在转折和直抒胸臆中，将感情清楚、明晰地表达出来。

　　元好问的诗主要学习杜甫的风格，同时受北宋苏轼、黄庭坚的影响也较深，因此其诗文不仅继承唐诗传统，甚至还自出机杼，有了一定的发展。首先，在谋篇布局上，手法更为严谨。另外，首联和颈联的叙事写景是实写，而颔联和尾联则是说理抒情，是虚写，虚实相生，相辅相成，表现出了诗人高超的写作技巧。其次，在用典、对偶、炼字等方面，更趋于严密。本诗引用了不少典故，并且都不着痕迹，自然融洽，从而让整首诗言简意丰、含蕴深厚、耐人寻思。其中较为典型的是，颔联多用虚字，表面上看起来不似对句，实则是字字精练，足可见诗人功力的深厚程度。并且，诗中的一些形容词、动词也都是诗人精心简练的结果，例如"轻""闹""平"等字，准确而又生动形象。总而言之，本诗在学习宋诗风格方面，收到了很好的效果，颇为自然，深沉而不晦涩，富有明朗清新的气息。本诗表现出了元好问良好的诗词天赋，以及强烈的大家风度和创新精神。

岐阳沦陷

——《岐阳三首》

突骑连营鸟不飞，北风浩浩发阴机。三秦形胜无今古，千里传闻果是非？偃蹇鲸鲵人海涸，分明蛇犬铁山围。穷途老阮无奇策，空望岐阳泪满衣。

百二关河草不横，十年戎马暗秦京。岐阳西望无来信，陇水东流闻哭声。野蔓有情萦战骨，残阳何意照空城！从谁细向苍苍问，争遣蚩尤作五兵？

眈眈九虎护秦关，懦楚羸齐机上看。禹贡土田推陆海，汉家封徼尽天山。北风猎猎悲笳发，渭水潇潇战骨寒。三十六峰长剑在，倚天仙掌惜空闲。

(金)元好问

　　本诗作于正大八年（1231 年）四月，当时元好问正任河南南阳县令，恰逢听到岐阳被蒙古军攻陷的消息，心情十分沉痛，并以饱蘸血泪的笔触连续写下了这三首七律，将岐阳之战的惨状尽数描写在三首诗中。这三首诗表达了元好问满腔的悲慨，以及将家国人民的命运同自身命运联系为一体的思想精神，让这组饱含血泪的诗篇充满了感天动地的感染力。

　　岐阳，又称岐州，隋文帝开皇元年（581 年）建岐阳宫于此，并因此得名。唐代改为凤翔府，治所在今陕西凤翔。唐代安史之乱的时候，岐阳曾被当作唐肃宗临时的政府所在地，西北重镇之一。到金国时，它不仅是关中，也是汴京的重要屏障，具有重要的军事地位。正大八年正月，蒙古命按察儿军围攻岐阳，金完颜哈达、伊喇布哈驻军于潼关，见蒙古兵来势汹汹，不敢轻举妄动。后来，金哀宗命令出战，正值蒙古军窝阔台、拖雷率兵来援，金军不得不收兵入关。同年二月，蒙古军几路包抄金兵，导致金兵仓皇败退，岐阳沦陷。这次战役对于金国而言，是一次沉重的打击，使当时整个朝野弥漫着一种久久不得散去的忧虑氛围。

　　第一首诗描写的是，诗人初闻岐阳陷落时的惊疑与悲愤之情，同时还表现了自己无能为力的无奈感。

　　首联起到一种概括的作用，对整场战役进行了高度形象的概括。一营连着一营的敌人的精锐骑兵，吓得鸟儿也不敢飞过；而北风猛烈吹过，大地上降了一天的大雪。"突骑"，指的是对方阵地中的精锐骑兵，而"北风"则代指蒙古军。《诗经·邶风·北风》有云："北风其凉"，在朱熹的《诗集传》中，也以北风向来表达国家遭受危机的情景。"发阴机"，也即是下雪，韩愈《辛卯年雪》诗有云："翁翁陵厚载，哗哗弄阴机。"首联概括性地描述了事件的发生背景，有一种破空而起之势，统领全文。从这两句诗中，读者可以读出铁骑连营、满天风雪的肃杀气氛，隐隐透露出对国家局势的担忧。同时，这两句诗还预示着岐阳的即将陷落。然而，颔联却转折道："三秦形胜无今古，千里传闻果是非？"表达出对岐阳陷落的疑问。其中写道，无论古今，关中的地势都十分险要，金军不可能打败仗。那么，这个沦陷的消息真实性到底有多大呢？"果是非"三字，用疑问语气表达了对岐阳陷落的疑惑，意味深长。一方面，诗人虽然早就知道岐阳战局紧迫，但一想到岐阳地势险要，不可能失守，因此对于这个突如其来的噩耗总会心存疑惑；同时，从字里行间，还能看出诗人也并不愿意相信岐阳沦陷，仍旧希望这仅仅是道听途说，而非事实。从更深的层次上来讲，诗人表达出了自己对国事的深情关切和对岐阳失守的悲痛心情。前四句诗通过对紧迫局势的描写，以及转折手法的运用，表现出了开合动荡之势。

颈联运用比喻手法，生动地描绘出了岐阳之战的残酷。"偃蹇鲸鲵人海涸，分明蛇犬铁山围"。其中，"偃蹇"有高耸、傲慢之意，再次解为蛮横欺虐，将其比作巨大而凶暴的鲸鲵，使人海干涸；又比作毒蛇和恶狗，围着整座城池。这两句诗写出了蒙古军围困岐阳的场景，并用"分明"两字证实了颔联对"传闻"的疑惑。同时，其中的两个比喻，也表现出了诗人对蒙古军队的痛恨，并用"人海涸"和"铁山围"来描写战役场景，也从侧面表现出了战争的残酷性。在这样的战役中，百姓很难幸免于难。尾联"穷途老阮无奇策，空望岐阳泪满衣"，全诗在一片哀恸中结束，并表达了诗人自己无能为力的无奈，与上文对敌军残忍凶猛的描写形成了鲜明的对比。《晋书·阮籍传》有载，阮籍行车时不由径路，车迹所穷，辄痛哭而返。适逢乱世的元好问感慨自己与阮籍有很多相似之处，因此以阮籍自比。

第二首诗对战乱期间岐阳人民惨遭屠戮的惨况进行了描写，表达了自己深切的同情。

这首诗从描写战乱着手："百二关河草不横，十年戎马暗秦京。"首联采用了倒装的手法，十年来战尘弥漫，遮天蔽日，秦京的日光也因此暗淡下来；而如今，号称"百二关河"的秦地却寸草不生。据《史记·高祖本纪》："秦，形胜之国，带山河之险，悬隔二千里，持戟百万，秦得百二焉。"这也即是"百二关河"的来源。这两句的意思是，秦人可凭借着关河之险，一夫当关万夫莫开。"十年"，从金宣宗兴定五年（1221 年），木华黎统率蒙古军队入侵陕西，到诗人写诗的当年，刚好满十年。在这十年间，战事不断，双方均将岐阳视为兵家必争之地。"秦京"，秦朝的首都咸阳，这里指的是金国的京兆府长安。这两句为了避免叙事过于平实，而采用了倒装的手法，增强了诗句表达的力度，使得诗句峭拔不凡，突出了十年战乱中岐阳遭受铁骑践踏的惨状，并将百姓所遭受的苦难进行了着重描写，突出了兴亡百姓苦的定律，同时表达了诗人对百姓的同情。

颔联和颈联主要是对战争给人民带来的苦难进行描写。其中，颔联"岐阳西望无来信，陇水东流闻哭声"，诗人在战乱期间，尤其关心岐阳的存亡问题，然而因为路远而不能及时获知情况，却只能听到渭水上流的呜咽之声和沦陷区广大人民的哭泣之声。而"陇水"句引用古乐府《陇水歌辞》的诗句："陇头流水，鸣声呜咽。遥望秦州，心肝断绝。"这里的引用十分准确，耐人寻味，凸显出了诗人肝肠寸断的痛苦。并且，据《续资治通鉴》卷一百六十五载：宋理宗绍定四年（即金哀宗正大八年）四月，"蒙古取金凤翔，完颜哈达、伊喇布哈迁京兆民于河南"。经历这场战争，百姓遭受蒙古军队的烧杀掳掠，流离失所，深受其害。因此，才会仿佛看到有水流呜咽和哀鸿遍野的一片愁惨情状。随后，颈联进一步描写了一幅尸横遍野的景象："野蔓有情萦战骨，残阳何意照空城！"生者被掠到北方，而死者的白骨却只能暴露在荒野中，唯独留下凄凄惨惨的残阳将阳光洒在荒城之上。看似无情，实则有情，感情沉痛至极。"野蔓"句，引用的是江淹《恨赋》中的"试望平原，蔓草萦骨"。上述四句诗，用生动形象的笔墨描绘出了战乱中城池的破败景象和百姓的悲惨遭遇，构成一幅写实的画卷，堪称"诗史"。

最后，诗人在尾联表达了自己的愤怒："从谁细向苍苍问，争遣蚩尤作五兵？"其中，"苍苍"，即苍天。"争遣"，即怎遣。"蚩尤"，传说东方九黎族的首领，以金属作为兵器。在与黄帝展开涿鹿之战中，失败被杀，而这里用来比喻残忍的蒙古军队。"五兵"，指的是五种兵器，"作五兵"，即发动战争。尾联着重抒情，在上面三联将战争的场景进行仔细描述后，通过尾联对苍天的发问和对蒙古军队的谴责，表达出了作者自己的思想感情。首尾相呼应，联系紧密，用笔豪迈，气势恢宏。

第三首是对金朝初期强盛局面的回顾，显然与当时的国势衰微形成鲜明对比，从而表达对国家强大，抵御敌人侵略的强烈希望。

首联、颔联回顾了金朝全盛时期的境况，分别描写了军力之强大、出产之丰饶和疆域之辽阔，可看到今非昔比的对照。诗人听说岐阳陷落，在经历过反思后，写出了这首诗。首先，军力强大："眈眈九虎护秦关，儒楚孱齐机上看。"其中，"九虎"语出《汉书·王莽传》："拜将军九人，皆以虎为号，号曰九虎。"用这个词，指代是金朝初年守卫秦境的将军。"楚"，天会五年（1127年）金人曾扶植北宋降臣张邦昌在河南一带建立傀儡国，国号为"楚"。而"齐"是指天会八年（1130年）金人扶植北宋降臣刘豫在山东一带建立傀儡国，国号为"齐"。而"机"，则是指古代盛物的案子，就像今天的砧板。诗人采用比喻、夸张的手法，将金国比作猛虎，楚、齐比作砧上肉，可见当年金国军事之强盛。其次，描写丰饶的出产："禹贡土田推陆海"。《尚书·禹贡》中曾有记载，关中丰饶，无出其右。而《禹贡》记有，关中所属的雍州，"厥土唯黄壤，厥田为上上"。"陆海"，也是物产富饶的地区，《汉书·地理志》曾有记载。再次，是辽阔的疆域："汉家封徼尽天山"，意指汉朝疆域一直延伸到天山以外。而此处的"汉家"，指的是金国。"封徼"指的是领土的疆界、国境。"天山"，汉武帝天汉二年（前

99 年），汉朝将军李广利率兵战匈奴右贤王于天山，败之，于是汉朝的领土扩展到了天山以外的地区。上述四句诗都是在极力描写金朝国土之广阔、势力之强大，然而，这种强盛对比如今的日益式微，使得今昔对比更加强烈。今日的金朝山河沧桑，国势衰微，一片惆怅迷惘之情充溢着整首诗，使人读后便能联想到岐阳的陷落，不禁潸然泪下，感慨世事无常。

在回顾国家曾经的强盛之后，颈联又回归现实："北风猎猎悲笳发，渭水潇潇战骨寒。"然而，现在的岐阳却在猎猎的北风中传来阵阵悲伤的胡笳声，而躺在萧瑟的渭水边的将士的白骨已寒。岐阳已经沦陷，因为战乱已经化作一片荒城，一切都是那么地令人触目惊心。结尾，诗人联想到了蒙、金战争尚在继续，胜负难测，不禁感叹国事道："三十六峰长剑在，倚天仙掌惜空闲。"华山的三十六峰如同长剑一般屹立着，然而那倚天的仙掌却已经闲置无用了。传说西岳华山有三十六峰，其中东峰朝阳峰，从其上看，山势如人之五指状，故而得名。在本诗中，则是以倚天长剑形容华山的险峻，意指可将华山当作防御敌人的军事屏障，建议金朝统治者注意守备，以防止蒙古军队进入关中，威胁汴京。结尾处，诗人将满腔悲愤之情表达出来，并将其化为殷切的希望，希望国家不要忘却曾经的强盛，采取有效的措施力挽狂澜，逐渐走向强大。这里，凸显出了诗人对家国命运的关心，和对国家、人民的一片忠贞赤诚，并将自己的一腔热情寄予其中。

这三首诗都是围绕岐阳沦陷这件事来进行描写的，通过发泄自身愤慨的情绪，来表达诗人对家国的深切关心和对国家强盛复兴的强烈愿望。三首诗主题一致，首尾呼应，共同形成一个整体。但是，每首诗的侧重点并不相同，或是表达沉痛的胸怀，或是寄予对国家苍生的无限关切，或是对国家的殷切希望。结果也大起大落，细节处也显得真实形象，首尾衔接得当，过渡自然，直到最后落笔处显得气势恢宏。三首诗之间相互配合，相辅相成，显得天衣无缝。

声泪俱下

——《壬辰十二月车驾东狩后即事》

惨澹龙蛇日斗争，干戈直欲尽生灵。高原出水山河改，战地风来草木腥。精卫有冤填瀚海，包胥无泪哭秦庭。并州豪杰知谁在，莫拟分军下井陉？

（金）元好问

诗人于金哀宗天兴元年（1232年）十二月作这首诗。在这一年的三月，蒙古军队开始围攻汴京，到该年四月达成和议，蒙古的军队从汴京退出，退到河、洛一带。到了七月的时候，金国军士哗变，杀死蒙古使者，和议也宣告结束，汴京再次被蒙古的军队围困，这一次的战争异常激烈。到了十二月，汴京内的粮食已经吃完，金哀宗没有办法，只能御驾亲征，率领出战，突围之后离开了汴京。"东狩"就是指金哀宗亲自出战。天兴二年（1233 年）正月，金兵从黄河北岸出击，和蒙古军队作战，不过以大败而告终，而金军的元帅完颜猪儿、贺都喜战死，金哀宗和副元帅合里合等逃出，此时国家的败亡已成定局。此时的元好问担任左司都事，他留守在行将枯木的汴京，亲身感受到了国家危亡，以及战争给双方带来的苦难，他也目睹了即将沦陷的汴京内的悲惨景象。根据《归潜志》的记载："百姓食尽，无以自生，米升值银二两，贫民往往食人殍，死者相望，官日载数车出城，一夕皆剐食其肉净尽。"的确，在诗歌中也描写出了这种景象，可以说是中国历史上极为悲惨的一幕，读这首诗会让人有心魄震荡，甚至声泪俱下的感觉。

这首诗歌写出了战争的残酷以及百姓们遭受的痛苦，作者渴望有一位能够阻击蒙古军队入侵的英雄豪杰出现。在诗歌的前四句通过生动形象的语言，描写出了一种阴森恐怖的战场景象，读来让人感觉毛骨悚然。此时正是岁暮，在这样的时节，天寒地冻，争斗不休的蒙古军队无休止地和金国军队进行战斗，他们似乎想要将天地之间的百姓全部杀绝。"高原出水山河改"暗用《诗经·小雅·十月之交》中的"百川沸腾，山冢萃崩；高岸为谷，深谷为陵"以及陶渊明《拟古》诗中的"忽值山河改"，似乎在写在蒙古军队不断地压迫下，国家内的形势也发生了很大的变化，甚至是剧烈的变化。"战地风来草木腥"写出了士兵们和百姓们被杀戮的惨状，在广大的战场上，尸横遍野，血流成河，到处都弥漫着血腥之味。明瞿佑《归田诗话》卷上："元遗山在金末，亲见国家残破，诗多感怆。如云：'高原出水山河改，战地风来草木腥'……皆寓悲怆之意。"这些诗歌铿锵有力，同时沉痛悲怆，这些都展示了元好问对国家的命运以及广大人民命运的关心，与深切的同情。

"精卫有冤填瀚海，包胥无泪哭秦庭。并州豪杰知谁在，莫拟分军下井陉"写到了诗人在面对这种残酷现状时的复杂心情。"精卫有冤填瀚海"主要写出了作者自己的主观意愿，他表示自己就像是精卫鸟一样，对蒙古军队有着非常大的怨愤和仇恨，渴望将瀚海填平。这里的瀚海其实一语双关，不仅指东海，同时也指蒙古高原的大沙漠，主要是为了表达诗人想要打退蒙古军队入侵的愿望，诗歌的感情在此处上扬，但是紧接着写道"包胥无泪哭秦庭"，则是一种无可奈何的叹息，"包胥"就是申包胥，他是楚国的士大夫，当时吴国联合其他几个国家出兵攻击楚国，攻破郢都。申包胥到秦国乞求救兵，但是秦王置之不理，于是申包胥在城墙之下痛哭，七天七夜，滴水不进，只是痛哭，恸哭之声不绝于耳，最终感动了秦王，发兵支援楚国。当时金国北边有蒙古，而南边有宋朝，南北夹攻，形势非常危急。这里是要表达金国已经要灭亡了，就算自己是申包胥，就算自己有申包胥的意志，但是却找不到能够援助他们的人。这两句诗一起一伏，纵横交错，表现出作者心潮不断翻滚，久久不能平息。而在最后，诗人直接发出了声震云霄的呼喊，"并州豪杰知谁在，莫拟分军下井陉"意在表达并州的豪杰们，现在还有谁啊？你们能不能像韩信一样以奇兵突袭，最终取得战争的胜利啊？根据《史记·淮阴侯列传》的记载，韩信凭借着几万将士，于井陉口背水一战，击败赵军。这最后的呼喊让全诗的激情达到了高潮，和篇首的异峰突兀相呼应，让整首诗前后相贯，激情回荡。

边界往来

——《河湟书事》

波斯老贾渡流沙，夜听驼铃认路赊。采玉河边青石
子，收来东国易桑麻。

（元）马祖常

这是元代诗人马祖常所作的描写当时丝绸之路上商队来往的情
景的一首小诗，真实再现了中国和西亚人民历史上友好往来的情
景。诗作短小精悍，四句 28 字即把一幅美轮美奂的生动画面呈现
在读者眼前：每逢夜深人静之时，河湟的丝绸之路通过的地方，总
有阵阵悦耳的驼铃声从远处传来，悠长散漫，渐渐清晰。那是波斯
商队的驼铃声，越过茫茫大漠，那些经验丰富的波斯老客运来从当

地河边采来的青青玉石，换得大批中国内地出产的丝绸麻布而去，一路留下悦耳的驼铃阵阵……

这首小诗选取了丝绸之路上一个细微平常而具有代表性的事物——驼铃切入主题，角度新颖，据此可以窥见甘肃古地乃至元代中国对外通商贸易往来情况，描写精准，语句富有地方色彩和异国情调，节奏明快。

由于诗人出身少数民族，对于各民族杂居的河湟边地的风土人情有更深刻的理解，对于该地区的生活状况也更为关注。诗人共作有《河湟书事》两首，另一首为：

阴山铁骑角弓长，闲日原头射白狼。青海无波春雁下，草生碛里见牛羊。

与前首描写社会生活的诗作相比，这首则侧重对河湟之地草原壮美自然风光的描绘，两首诗相映成辉，短短八句，即完整勾画出河湟地区的自然和人文风貌，可谓组诗中的精品之作。

边防苦事

——《入塞》

将军归来气如虎，十万貔貅争鼓舞。凯歌驰入玉门关，邑屋参差认乡土。兄弟亲戚远相迎，拥道拦街不得行。喜报成悲还堕泪，共言此会是更生。将军令严不得住，羽书催入京城去。朝廷受赏却还家，父子夫妻保相聚。人生从军可奈何，岁岁防边辛苦多。不须更奏胡笳曲，请君听我《入塞歌》。

（明）于谦

本词是明代大将于谦和瓦剌侵略者作战得胜归朝后所作。从词中可以看出词人对外仍旧持坚决抵御的主张，并且自己凭借着骁勇善战而得胜归来。然而，虽然身为武将，身上却没有很多武将所有的好大喜功，并将自己的厌战情绪在词中很好地表达出来。词人怜悯众生，热爱和平。而于谦作为一个功高盖世的将军，他总是将目光锁定在民众身上，并关心基层的士兵，这在当时来说，是难能可贵的。那么，在这位将军的眼里，士兵们的战斗和生存状况又将会是怎样的呢？

将军得胜归来，十分威武雄壮，十万雄师欢喜鼓舞为将军庆功。而此时，战士高唱着凯歌，快马开进边关，在参差的村舍中，寻找自己的故土。而此时，只见兄弟、亲戚、朋友从远方来道贺，顿时间街道被挤得水泄不通。每个人见面时，都不禁落下喜极而泣的泪水，仿佛如隔世般地再见。因为将军号令森严，不允许在中途留宿，频频发下军书催促队伍快快进京。等得到朝廷赏赐后，再回家与亲友、父母、妻子共同庆祝也不迟。从军艰难，所念难得见到家人故乡，岁岁年年边防生活困难。此时，您无须再奏军中乐曲，只需听我为您唱一曲《入塞歌》。

战争对于江山社稷、黎民百姓而言，到底意味着什么？时局动乱，骨肉分离，背井离乡，征人离乡，怨妇怀春，处处充满着悲伤与离别。词人于谦作为明代前期杰出的政治家、军事家，有着自己的思考和答案。虽然他骁勇善战，但并不愿意用士兵的血泪来书写自己的功劳簿，虽然自己志在保家卫国，但当看到普通士兵因为战争而饱受苦难的时候，却又生出无限的同情和感慨。作为一个封建社会的军事家，于谦对普通黎民的怜悯和厌战情绪在那个时代显得尤为珍贵。

功业未就

——《满江红·夜雨凉甚忽动从戎之兴》

金甲雕戈，记当日、辕门初立。磨盾鼻、一挥千
纸，龙蛇犹湿。铁马晓嘶营壁冷，楼船夜渡风涛急。有
谁怜，猿臂故将军，无功级。

平戎策，从军什，零落尽，慵收拾。把茶经香传，
时时温习。生怕客谈榆塞事，且教儿诵《花间集》。叹臣
之壮也不如人，今何及。

(宋)刘克庄

刘克庄（1187 年—1269 年），初名灼，字潜夫，号后村居士，
福建莆田人，曾以荫入仕。淳祐六年（1246 年）赐同进士出身，终

身官至工部尚书兼侍读，以龙图阁学士致仕。卒谥文定。终身所著有《后村先生大全集》。作为南宋著名词人，刘克庄非常推崇辛弃疾，并或多或少地继承了辛弃疾的革新精神，发展了辛弃疾的词散文化、议论化的特点。刘克庄在辛派词人的"三刘"（刘克庄、刘过、刘辰翁）中成就最大，冯煦在《宋六十一家词选例言》中称其"与放翁、稼轩，犹鼎三足。"刘克庄的词，以爱国思想内容和豪放风格较为多见。

本词作于某个雨夜，词人突发奇想，希望从军抗金。因此，不禁追忆往事并发出感慨而作下这首词。本词上阕高昂积极，而下阕则曲折艰涩。当时的词人正出仕在家。词人曾因自己所作的咏梅诗收入书商陈起刻印的《江湖集》，而诗中有"东风谬掌花权柄，却忌孤高不主张"两句，被人诬蔑其诗句是对当朝丞相的讽刺，并因此获罪罢官。

本词的上片主要是对当年军营生活的追忆。南宋宁宗嘉定十二年（1219年），李珏时任江淮制置使，主管沿江诸军。而时年23岁的刘克庄正在其幕府掌文书，此种"辕门"指的是军门，"辕门初立"指的就是这件事。"磨盾鼻"是指在盾鼻上磨墨，实际上是指磨墨写檄文向金人宣战。这里引用了《北史·荀济传》上的一个典故："会楯上磨墨作檄文。""一挥千纸，龙蛇犹湿"，是指在拟写文书的过程中，才思泉涌，在军情紧急的时刻，笔墨未干就被人传出去了。当年的词人正当少年，才华横溢、少年得志，被世人誉为"烟书檄笔，一时无两"，也因此有些自负。随后，词人又写道"铁马晓嘶营壁冷，楼船夜渡风涛急"，借用陆游《书愤》中的名句"楼船夜雪瓜洲渡，铁马秋风大散关"，以表现紧张、肃杀的征战场景。最后三句则借用汉代"李广难封"的典故，自喻虽然胸中满是斗志，并曾立下功劳，但最终却逃不开被奸佞陷害，因谗言而被免职的命运 。这里表现出了词人愤愤不平的心理。

词的下片则将上片的慷慨激昂过渡为对现实的嗟叹。然而，这种感慨是在不经意间透露出来的，采用一种谐谑的方式抒发出来。正话反说，曲笔传情，这样比直抒胸臆更能让人感受到词人心中的感情。少年时期的自己胸怀国家，满腔热情，如今却变得意志消沉，曾经以一腔热血写就的抗金之策和从军生活的记录早已消失殆尽，那段意气风发的岁月已经不复存在。如今，自己每天焚香煮茗、诵读茶经，过上了悠闲舒适的生活。看似惬意，实则被逼无奈。其中，"生怕"两句是说，每当有客拜访也不愿意再聊兵戎之事，宁可待在家里修身养性，养儿育女，也不再关心国事。这种看似消沉避世的态度，实则表现出了词人的无奈和无尽的失望愤慨。这两句的表达与辛弃疾《鹧鸪天》中的名句"却将万字平戎策，换得东家种树书"有着共通之处。

最后两句语出《左传》，春秋时郑国大夫烛之武对郑文公所说的话。表面上看起来，似乎是在说自己年老体衰，无力再上阵杀敌，但实际上是想表达烛之武虽年老尚能退秦师，自己仍旧心系国家，希望能为国立功，与附题"忽动从戎之兴"遥相呼应。

云霄何处是蓬莱

——《甘州即事》

黑河如带向西来，河上边城自汉开。山近四时常见雪，地寒终岁不闻雷。牦牛互市番氓出，宛马临关汉使回。东望玉京将万里，云霄何处是蓬莱。

（明）郭登

郭登（？—1472年），字元登，明朝靖边大将，武定侯郭英孙，濠（今安徽凤阳）人。卒赠侯，谥忠武。郭登诗才恣肆，或沉雄浑厚，或委婉生动，语言平易而含义隽永，大都琅琅可诵。与其父郭玘、兄郭武合著《联珠集》22卷。本诗作于郭登在甘肃一带巡边时，描写的是甘州一代的自然风光和风土人情，向读者展现了一幅生动形象的甘州风情画卷。

　　"黑河如带向西来，河上边城自汉开"，描写了一幅美丽宁静的景色，黑河如玉带一般，向西蜿蜒而来。而由远及近，便看到了甘州山上的雪景，"山近四时常见雪，地寒终岁不闻雷"，甘州气候寒冷，山中积雪终年不化，终年听不到雷声。随后，诗人的眼光落到了甘州百姓的身上，边市上的百姓正牵着牲口与外族商人做生意，边地上人潮涌动，显得热闹非常。最后两句，词人又想到了中原，"东望玉京将万里，云霄何处是蓬莱"，回首望去，万里之外的京城正被云雾萦绕着，而此时，哪怕是蓬莱也看不到半点影子。事实上，京都千里迢迢，蓬莱万里遥遥，又何必执着呢？边地风光迤逦，景色宜人，也值得自己留在此处。

　　全诗表现出了诗人对边地风光的喜爱之情。

扬河战事
—— 《经行塞上》

天设居庸百二关，祁连更隔万重山。不知谁放呼延入，
昨夜杨河大战还。

(明)李梦阳

李梦阳（1472年—1529年），字天赐，又字献吉，号空同子。
是一位倡言复古，反对虚浮的"台阁体"的诗人。与何景明等相呼
应，号称"前七子"，对当时的诗坛影响颇大。然而，因他过分强
调复古，也会产生一些不良的倾向。他的诗文也有一些深刻雄健之
作，如《空同集》。

本诗一题《塞上》，描写明王朝对西北外族军队入侵的防御战争。
其特点在于没有任何关于双方战斗场面的正面描写，主要是通过回顾

大战刚刚结束后的景象来表达对这场胜仗的喜悦之情，同时也表达出对边防将领防御不力、致使敌军突围的不满，抒发了深刻的爱国情怀。

本诗的开头两句描写了西北关外雄浑壮阔的风景，十分特别。表面上看似在赞颂明朝关隘的险要，似乎与这场战事没有任何直接的关系。居庸关，明代京师北面的主要防御屏障。"百二关"指的是极为险要的关口，其中"百二"有一种以二敌百的意思，语出《史记·高祖本纪》。"祁连"，山名，位于今甘肃省南部，本诗用以代指西北边远地区。这两句话说的是，拥有"一夫当关，万夫莫开"的居庸关威震京师北面，犹如天险护卫着京师重地，而京城的西北边地上更是有崇山峻岭作为防卫。诗人的言外之意是，明朝的万里边疆固若金汤，外族断不敢随便入侵。这两句诗与下面的两句形成了鲜明的对照，用于反衬下文的入侵和战乱。

随后，"不知"一句突然话锋回转，使整首诗产生意想不到的转折，显得笔力千钧。其中，"放"字有毫无阻碍、长驱直入之意。正是这样坚固的边防，却能让敌人越过，其原因何在？句中的"呼延"为复姓，又作"呼衍"，汉时匈奴贵族曾有呼衍氏，而本诗则用其来指代西北少数民族鞑靼和瓦剌。明武宗朱厚照正德年间，鞑靼首领达延汗（时称"小王子"）经常率军侵略明边境，"散掠内地"。而诗句中的"不知谁放"四字，显然表现出对于边防将领的不满和责难。这些人本应将敌人拦阻在国门之外，但却无力阻挡，并引发战事。显然，这正是因为长期松懈和玩忽职守所导致的。最后一句顺势而下，由于敌军侵入境内，武宗逼不得已亲自率兵出征，并在杨河大战大获全胜，赶走敌人。杨河《明史·地理志》载曰："阳和卫，洪武二十六年（1393 年）二月置卫。"又《明史·武宗本纪》："(正德)十二年冬十月，癸卯，(武宗朱厚照)驻跸顺圣川。甲辰，小王子犯阳和，掠应州。丁未，亲督诸军御之，战五日。"由此可知，诗中的"杨河"指的正是阳和，本诗正是对当年战事的纪实。"大战"言明战争规模之大，以及激烈程度。而"还"字则有取胜归来、班师回朝之意。通过这两句诗可以看出，诗人对取得胜利的庆幸和喜悦，但更多的还是对无能的边将不能御敌于国门之外，导致战事发生的谴责，尤其是在联系前两句对关山险固的描写后，通过关口险固来反衬守关将领们的无能，使这种谴责显得更加明显、更加强烈。在强烈的转折中，将本诗的主旨清楚而深刻地表达出来。

清人刘熙载在《艺概·诗概》中曾说过："大起大落，大开大合，用之长篇，比如黄河之百里一曲。千里一曲一直也。然即短至绝句，亦未尝无尺水兴波之法。"他指出，"绝句意法，无论先宽后紧，先紧后宽，总须首尾相衔，开阖尽变"。而本诗通过描写关山的险固反衬将领的无能，从容不迫，"宽""紧"相济。最后"大战还"，犹如回波倒卷，使首尾衔接得非常巧妙而自然。这种开合变化，使得这首短小的绝句颇具气势，浑然有大篇气象。另外，诗人将自己豪放雄健的笔墨注诸其中，更显得抑扬顿挫，铿锵有力。

抗击倭寇

——《颂任公诗》

轻装白裕日提兵，万死宁能顾一生。童子皆知任别驾，巍然海上作金城。

(明)归有光

归有光（1506年—1571年），字熙甫，明吴郡（现属江苏）人。嘉靖年间中进士，官终南京太仆寺丞，长于古文，为明代一大家，著有《震川文集》。

这首诗的背景是明朝中叶，日本海盗常常在海上流亡，侵扰我国东南沿海一带。而本诗的主角任环便是一名抗倭名将，曾多次率兵击退海盗的骚扰，保护了沿海人民的生命财产安全。本诗正是为歌颂任环而作。

因为东南沿海气候炎热，将士们在抗击海上强盗的时候，必须要轻装上阵。"白袷",指的是白色夹衣。而"轻装白袷日提兵",写的正是任环的形象,足可见其飒爽英姿。"日提兵",说的是任环每日带兵,不曾懈怠。海盗来无定时,任环必须要随时抗击倭寇,必须时刻防范。"万死宁能顾一生",说的是虽然出生入死,但任环依旧不顾个人安危,舍身犯险。这句诗彰显了任环英勇顽强、奋不顾身的形象。这样的将领才是能最大限度鼓舞士气,使其奋身敢死的将领。然而,两兵相见勇者胜,可以预料到任环正是一位常胜将军。本诗为表现出任环的勇敢,抓住了其英勇形象,不顾生死只为苍生,足可见任环的英勇、勇猛。

当然,百姓才是判断一位官吏或者守将是否建有功绩的决定性证据。只有在百姓中拥有良好的口碑,才能称之为一代名臣或将才。水能载舟,亦能覆舟,朝廷是不可轻视百姓的声音的。任环曾任过苏州同知,负责协助地方长官处理事务,相当于古之"别驾",故诗人尊称其为"任别驾"。"童子皆知任别驾,巍然海上作金城",正说明了任环在沿海人民心目中有着坚固的良好口碑。其中,"金城"说明了任环守城之能;而"海上作金城"则给人一种耳目一新之感,不流于俗套。诗"颂任公",通过百姓的赞扬之声侧面说明了任环的好名声,显得客观真实,比正面歌功颂德更具有说服力。就像李白《与韩荆州书》所说:"白闻天下谈士相聚而言曰:'生不用封万户侯,但愿一识韩荆州。'"有着异曲同工之妙。

一片红冰冷铁衣

——《龛山凯歌（其二）》

短剑随枪暮合围，寒风吹血着人飞。朝来道上看归骑，一片红冰冷铁衣。

(明)徐渭

徐渭（1521 年—1593 年），字文长，一字文清，号天池山人、青藤山人。科场失意，曾为浙闽总督胡宗宪幕僚，对抗击倭寇多有策划。但在胡获罪被杀后，潦倒终身。其在诗文方面的主张是独创，反对模仿，著有《徐文长全集》、《徐文长佚稿》、《徐文长佚草》、《四声猿》等。

明代也受到边患的影响，再加上时人流行学习唐诗，因此"边塞诗"并不鲜见。诗人曾经投身过抗倭战争，"龛山"位于浙江萧山东北五十里，与海宁诸山对峙。明世宗嘉靖三十四年（1555 年）冬，《龛山之捷》有纪其事，略云：贼自温州登岸，蔓延于会稽。战士遇贼死战。无不一以当十，贼遂大败。这首诗主要目的是歌颂破敌将士的英勇。

第一句"短剑随枪暮合围"，描写的是破贼将士乘夜包围敌军的事。在战术上来说，"暮合围"对我方很有利，因为明军比倭贼更熟悉地形环境，更容易偷袭成功。"短剑随枪"，长短兵器互相配合作战，共同杀敌。随后，又写道："寒风吹血着人飞"，战斗激烈，血飞满天。"寒风吹血"在这个冬夜，寒风强劲，这从侧面表现出了厮杀的激烈。"着人飞"的"着"字，较"溅"字含蓄，比"染"字轻灵，更为贴切。而"飞"字则写出了鲜血横飞的场面，写活了整个战斗的场景，将整个画面由静态变为动态。

如果说前两句是从宏观上写战场的情况，那么后两句则是从微观处下笔：朝来道上看归骑，一片红冰冷铁衣。早晨的道路上，飞奔着明军的骑兵，朝霞映得一片红铁衣。诗人并没有从正面去刻画这些将士们的音容相貌，而是采用大特写的手法展现其身上的铠甲："一片红冰冷铁衣。"这句诗与第二句呼应，让读者进一步想象到将士们浴血奋战的情景，从而更深刻地了解到战斗的激烈程度。另外，这句诗里的"红冰"二字还写出了气候的严寒，战斗环境的艰苦。通过侧面衬托的手法，将将士们英勇不屈、不畏艰险的精神展现在读者眼前。虽然"铁衣"直指铠甲，但同时也塑造了一个威武雄壮的形象。他们正是大明的金城。

杀人如草

——《凯歌》

衔枚夜度五千兵，密领军符号令明。狭巷短兵相接处，杀人如草不闻声。

（明）沈明臣

沈明臣生卒年不详，字嘉则，明朝鄞县(今浙江宁波)人。这首抗倭诗歌作于明嘉靖三十五年（1556 年），这是一首值得称赞的诗歌，在明朝人的七绝诗歌中很少见。在诗歌中写到了夜战、巷战等情景，语言非常独特，就算是在汉朝和唐朝的边塞诗中也很难找到相似的。

诗歌中的"枚"是军中的一种器械，形状有点像筷子，在两头系上带子，可以挂到脖子上。在古代夜晚行军的时候，士兵们需要在嘴里衔着枚，以防止发出声音，几千人的部队很少有人说话，就是因为衔着枚。在欧阳修的《秋声赋》中也写道："如赴敌之兵，衔枚疾走，不闻号令，但闻人马之行声。"其中写的也是大部队在夜晚行军。而诗歌中的"度"字能看出这首诗写的是一次偷袭，因为古时候就有"明修栈道，暗度陈仓"的战例。一个"度"写出了一种神不知、鬼不觉的偷袭。

除了衔着枚之外，五千的夜行军不发出声音还有他们纪律严明的原因，"密领军符号令明"就写出了这次行动的机密，要求有严格的纪律保障。"军符"是用来调兵遣将用的凭证，主将接到了命令，于是立即发布命令，按照命令行事。战争的胜利纪律很重要，而这两句诗也预示着战争的胜利，已经有稳操胜券的把握。

后面两句写到了战斗中，因为这次行动是偷袭，所以没有大规模的阵地战，更没有笙鼓齐鸣、惊天动地的气势，将士们偷偷潜入敌占区，凭借事先约定好的标记来区分你我，然后和敌人展开了一番肉搏战。"狭巷短兵相接"六个字非常巧妙，写出了和敌人狭路相逢，短兵相接，敌人已经没有了逃避的可能。诗人写出了我方的镇定和敌人的慌乱，而有一些敌人在短兵相接的过程中死于睡梦中，我方的士气已经完全压倒了对方。

"杀人如草不闻声"非常生动地写出了我方已经掌握了主动权，形势于我非常有利，而敌人基本丧失了战斗力，他们伤亡惨重，这里用"杀人如草"做了一个非常形象的比喻，写出了我方杀敌的容易以及速度之快。一般情况下，就算是巷战也会有一些的刀剑碰撞和喊杀声，但是在这里诗人却写"不闻声"，有点让人匪夷所思，由此可以看出诗人是从整体上来写这场战斗，这是为了写出战斗进展顺利，而这种"不闻声"的厮杀恐怖程度远远超过了喊杀声，让人心惊胆战，同时这也是诗歌中最为精彩的地方。

岑参的《封大夫破播仙凯歌》："蕃军遥见汉家营，满谷连山遍哭声。万剑千刀一夜杀，平明流血浸空城。"同样是在写夜战，但是岑参的诗是"剽悍"的诗歌，那里有喊杀声，也有人头落地；但是在本诗中，战斗于无形之中结束，但是将士们的英勇丝毫不逊色。

忧国忧民

——《出塞》

辞家万里戍，关路隔风烟。赋重无余饷，边荒不种田。

小兵知有死，贪吏尚求钱。倚赖君王福，何时唱凯还？

（明）方维仪

历史上，少有女诗人写边塞诗，而一旦写必有经典之作。方维仪的《出塞》就是其中的佼佼者。方维仪，字仲贤，明桐城(今属安徽)人，其婚后不久丈夫去世，之后相嫂教侄。

边塞诗大多是写边塞战争的艰苦，或者边地的苦寒，再或者就是将士们的思乡之情，很少有诗人将边塞征战的苦楚和国家内部的腐败联系在一起的，更没有人对此进行揭露，从而找到将士们辛苦的根源。而方维仪的这首诗正是从这个角度反映社会现实，在所有的边塞诗中算得上独树一帜。

　　"辞家万里戍，关路隔风烟"，写出了将士们远离家乡，来到了万里之外的边塞戍守，这里条件非常艰苦，这两句诗没有什么特殊之处，是边塞诗中常见的描写手法。接下来"赋重无余饷，边荒不种田"，诗人写到了赋税过重。这是内地的情况，所以在边塞诗中很少出现，但是诗人却写到了，她认为这和军饷有很大的关系，国家的赋税太重了，老百姓交不出军粮，一句话就反映了明朝末年民生凋敝、国库匮乏的现状，以及这种情况危及边防的情况。在中国古代，如果军粮没有着落的话，就会采取屯田的方法，也就是通过军垦的方法使军队自给自足，但是在边疆的荒漠中，如何能够有所收成？而且处于火线上，又怎么可能将大部分的时间和精力用在种田上？

　　"小兵知有死，贪吏尚求钱"，这两句诗是警策之句，前一句承接"赋重无余饷，边荒不种田"，将士们面对强敌，军饷已经明显不足，对于他们来说只有死路一条，而就在这种情况下，那些贪官污吏还在向人民搜刮钱粮。通过一个"尚"字写出了诗人对这些丧尽天良的贪官污吏们的鄙视和憎恶。在这里"小兵知有死"还有另一层意思，小兵们对于战死沙场已经无所畏惧，而"知"字写出了普通士兵们的良知，但令人痛心的是，一面是士兵们的大无畏牺牲，而另一面则是贪官们的荒淫无耻，这种鲜明的对比，可以和高适的名句"战士军前半死生，美人帐下犹歌舞"相媲美。本诗的这种比较已经超出了军中、边塞的范畴，已经升华到对社会现实的思考。

　　当人们看懂了"小兵知有死"的含义之后，自然就能够理解诗歌后两句的潜台词了。"倚赖君王福，何时唱凯还"，容易让人联想到七绝圣手王昌龄的"表请回军收尘骨，莫教兵士哭龙荒"，这里已经不是普通意义上的久戍思归，其中饱含着对上层统治集团的不满和失望。士兵们颇有怨言地说，渴望能够托君王的洪福，早早让他们班师回朝。言下之意是国家已经是这样了，边防岂可为乎！

在历朝历代女诗人的诗歌中，能够体现这种博大的忧国忧民思想情怀的诗歌很少见，所以沈德潜在《明诗别裁集》中评价道："如读杜老伤时之作。闺阁中乃有此人！"其这种评价非常中肯。这首诗中体现出的对字词的锤炼、对语言的使用，以及深厚的用意、沉着的表情颇有杜甫伤时念乱的五律之风。

征战沙场
——《从军行》

马上黄沙拂面行，汉家何日不劳兵。匈奴久自忘甥
舅，仆射今谁托父兄？云暗旌旗姿勒渡，月明刁斗受降
城。左贤早待长绳缚，莫遣论功白发生。

（明）沈周

沈周(1427年—1509年)，字启南，号石田，又号白石翁。长洲
(今属江苏)人。沈周一生是一个闲散之人，始终没有进入仕途，而
其擅长画画，诗歌只是其闲暇之余的爱好，不过他的诗写得挥洒淋
漓，别有一番风味。著有《石田诗选》、《石田杂记》、《石田集》。

1449年，也就是诗人22岁那年，蒙古军队分四路向明朝进攻，明英宗御驾亲征，至宜府，又进至大同。不想明英宗被俘虏，而明朝军队死伤数十万，这就是历史上著名的"土木之变"。到了这年十月，蒙古人挟持明英宗大破紫荆关，然后一路长驱直入来到了京城。当时于谦率领军队抵抗，百姓们也配合作战，蒙古军队死伤无数，向西逃去。之后边疆再无宁日，而这首《从军行》就是由此而写，诗歌有的放矢。

这一首《从军行》是乐府旧题。"马上黄沙拂面行，汉家何日不劳兵"两句更适合倒过来看，后面一句高度概括中国历史上边疆始终没有安宁过，如果追溯历史，从上古时代开始，到明朝，历朝历代的边疆都有战事，边患更是有增无减。边疆一旦有了战争，就需要派兵去平息，前一句就是在写士兵们的进击，写出了战士们的爱国热情以及慷慨气概，虽然黄沙扑面，但是将士们千军万马开赴战场，气势雄壮，让敌人们心惊胆寒，但是这必定会付出代价，第二句中的"劳"就暗示了战士们的艰辛，以及他们很有可能献出生命。

"匈奴久自忘甥舅，仆射今谁托父兄"两句诗歌用典故。汉唐时期统治者对边疆少数民族采取和亲的政策，最著名的就是王昭君出塞和文成公主进藏，当边疆和朝廷形成"甥舅"关系之后，就取得了一定时间内的和平。不过在诗人的眼中这种关系现在已经破裂了。而后一句写的是唐朝名将郭子仪爱兵如子，杜甫的很多诗歌都写到了这位将军。但是明英宗遇到边患的时候，居然让王振这样一个执政太监统率五十万大军，最终导致兵败，连自己也被敌人俘虏了，王振则被士兵们所杀，将几十万大军托付给这样的人，不战败怎么可能?

"云暗旌旗婆勒渡，月明刁斗受降城"两句主要写的是战斗，将士们越过高山、渡过河流，千军万马冲锋陷阵，他们以最快的速度降服了敌人，这里写到了出征部队的气势和声威，同时也展现了将士们与敌人殊死搏斗的大无畏精神，以及悲壮而又惨烈的战斗场面。而诗歌中用到了"婆勒渡""受降城"两个边塞地名，为的就是增加真实感。

"左贤早待长绳缚，莫遣论功白发生"两句则写出了将士们对战斗胜利的渴望，通过"早待""莫遣"的勾勒语可以体会出。在岳飞的《满江红》中写道"莫等闲、白了少年头，空悲切"；在杜甫的诗歌中也写道"擒贼先擒王"；本诗也写道"莫遣论功白发生"，这些都是在表示应该抓住机会，一鼓作气从而解决边疆问题。

慷慨激昂

——《渡易水辞》

> 并刀昨夜匣中鸣，燕赵悲歌最不平。易水潺湲云草碧，
>
> 可怜无处送荆卿！

(明) 陈子龙

陈子龙(1608 年—1647 年)，字卧子，号大樽，华亭 (今上海松江)人。崇祯年间考取进士，明朝末年起兵抗击清军队，后来在苏州被捕，最终投水而亡。著有《陈忠裕公全集》。

明朝末年，清人入关，此举遭到明代士大夫们的激烈反抗，他们的力量虽然很微薄，但是他们的反抗意识却非常强烈，均表现出百折不挠、宁死不屈的气节和民族精神。在这些高大的身影中就有本诗作者陈子龙。陈子龙是明朝的一位名士，清兵在攻破南京之后，他就在松江起义，但是不久之后兵败，于是只能藏匿于山中，和太湖的武装组织取得联系，继续开展抗击清兵的活动，之后事情暴露而被俘，他乘机投水自杀。陈子龙是明朝末年著名诗人，诗歌成就非常高，诗歌风格多显悲壮苍凉，充满着高尚的民族气节。

这首诗创作于崇祯十三年(1640 年)，是一首怀古伤今的作品，"易水"位于河北省易县，古时候是燕国南部的一条大河，根据《战国策》记载，"易县因为易水而得名，易水因为荆轲而扬名"。为了挽救燕国的危亡，答谢燕国太子丹的知遇之恩，侠客荆轲准备进入秦国刺杀秦王，当时燕太子丹以及高渐离等几位荆轲的好友都是穿着白色的衣服在易水为其送行，而在这里也上演了感动几千年的一幕，高渐离击筑，荆轲则轻声歌唱，"风萧萧兮易水寒，壮士一去兮不复还。"在秋风萧瑟中，壮士荆轲仰首将杯中的酒水一饮而尽，然后驾车离开，再也没有回头。古往今来很多人都传颂着荆轲刺秦的壮志豪情，同时将这种精神演绎为不同的版本，升华到一定的高度。而这种照耀千古的精神此时勾起了诗人无限的感叹，诗人在要渡过易水的时候，开始追思这种精神。

"并刀昨夜匣中鸣，燕赵悲歌最不平"两句展示诗人的心志。"并刀"是指并州(今山西省太原市一带)生产的刀，此地的刀以锋利著名，这里指宝刀、宝剑。古人经常用宝剑在剑鞘中夜鸣而暗指豪杰之士会在国家危难的时候站出来报效国家，此处写出了诗人想要报效祖国的渴望之情。燕国和战国是战国时期两个大诸侯国，韩愈曾在《送董邵南序》中写道"燕赵古称所感慨悲歌之士"，这不仅是在赞叹壮士荆轲在危难的时候能够挺身而出，临危受命，将自己的生死置之度外，这种气概令人敬佩，同时也表达了自己渴望有所作为的志向，以及能够以身许国的一腔热血，在诗歌中展现出了诗人悲壮，同时又慷慨激昂的情绪。

但是回到现实中之后，只有这易水和以前一样，慢慢地流淌，但是却找不到像荆轲一样的豪杰了，更不要说有人来送行了。当时的朝廷已经处于风雨飘扬的地步，面对国家的这种情况，以及抗清斗争的惨烈，又有谁能够站出来，在国家危亡的时候挽救国家呢？诗人此时不得不发出一声长叹，而他的叹息声中充满着悲壮和苍凉。

当年易水边上的慷慨激昂是一段历史，但其也超越了历史，就算是到后世也有着很大的影响力。陈子龙渴望用自己的生命来诠释自己对国家的忠诚，这种精神其实就是当年荆轲身上的燕赵精神，或者说这是一种民族的血性以及慷慨的民族之情。

马后桃花马前雪

——《出关》

凭山俯海古边州，旆影风翻见戍楼。马后桃花马前
雪，出关争得不回头？

(清)徐兰

徐兰，生卒年不详，字芝仙。曾为安郡王幕僚，并随之出塞，擅长作诗，著有《出塞诗》，本诗就是其中的一首。

第一句"凭山俯海古边州"，简笔勾画出了边关之险要位置，依山傍海建设而成。这里采用了夸张的手法。因为居庸关远离海洋，而这里却写俯瞰海洋，是为了表达地势之高，视线之远。

当然，也有传说这次徐兰出关并非是到居庸关，而是山海关，那么这句诗采用的就是写实的手法。当跨入这片山海的领域，便看到了关上戍楼，依山傍海。旁边高竖的旗帜因为海风吹动，在旗杆上翻卷。旌旗与戍楼相互映衬，使得旗帜更为耀眼，戍楼更加森严。

随后，又写道："马后桃花马前雪，出关争得不回头"，运用夸张的渲染手法进行描写。"胡天八月即飞雪"，然而这时诗人却写道，"马后桃花马前雪"，意指关外严寒刺骨，而关内却温暖如春，气候形成鲜明的对比。"马前""马后"的说法虽然有些夸张，却是在强调塞南塞北之间气候的巨大差异，"桃花""白雪"用来代指天气温暖、严寒，并非实写。于是，在这样强烈的对比下，使人得出了这样的结论"出关争得不回头"。

对于末尾的两句，《清诗别裁集》是如此评价的："眼前语便奇绝语，几于万口流传。此唐人边塞诗未曾写到者。"可见，诗人的创新之笔表现了其高超的技巧。

且书胸怀于左迁途中

——《次韵答陈子茂德培》

送我凉州泱日程，自驱薄笨短辕轻。高谈痛饮同西笑，切愤沉吟似《北征》。小丑跳梁谁殄灭？中原揽辔望澄清。关山万里残宵梦，犹听江东战鼓声。

(清)林则徐

林则徐（1785 年—1850 年），字少穆，嘉庆十六年（1811 年）中进士，选庶吉士，授编修，官至湖广总督。道光十八年（1838 年）以钦差大臣的身份往广州办理海事，查禁鸦片。随着鸦片战争的爆发，被撤职戍守新疆伊犁。卒赠太子太傅，谥文忠，著有《云在山房诗钞》。

　　正值道光二十一年（1841 年），时任两广总督的林则徐被道光帝革职，"从重发往伊犁，效力赎罪"。空怀满腔爱国热忱，最终换来的却是被贬万里，戍守边关。尽管如此，他在流放的过程中仍旧心系国民，不改为国为民的初衷。这首诗是诗人路过凉州（今甘肃武威）时所写，赠予友人陈子茂的答诗，共两首，此为其一。本诗慷慨激昂，意味深长。首先，诗人表达了对友情的珍惜和感激。友人为我送行，一送就是十天，送到凉州。一路高谈畅饮，两人之间志气相投，相谈甚欢。因此，虽然被贬，但这次的行程却是令人欢快的。诗人用一个"轻"和"笑"字表达出了这种情绪。诗人驶着一辆简陋粗笨的小车，行走在荒凉的路程中，心情本是沉重的，但正因为有了友情的慰藉才会变得轻快愉悦。当然，这也与诗人自身开阔的胸怀不无关系。"西笑"一词源自于《新论》，"人闻长安乐，则出门而西向笑"，本意是指前往京城是多么愉快，而本诗中，诗人却是被贬离开京城。可见，林则徐乐观、豪迈的情怀。

　　随后，全诗转入忧时伤世的悲愤情怀中，并从杜甫的诗中找到了共鸣。《北征》一诗作于杜甫在安史之乱中，由长安逃到凤翔之时，叙写的是其在回家途中的经历，表达了对国家危急混乱的忧愤和对时局的关切之情。而当时的林则徐也面临着朝中很多的问题，奸佞当道，自己也因为谗言遭贬。一方面愤恨那些误国之徒，但另一方面，也担忧朝廷腐败无能，政治局面将很难扭转。然而，诗人在面对如此不堪的局面时，并没有感到颓丧，相反希望能像东汉名臣范滂那样，"登车揽辔，慨然有澄清天下之志"。诗人希望自己能再有一番作为，使政事清明、国家安定。林则徐经历过宦海沉浮、人生变迁，却丝毫不以为意，时时刻刻忧心国家安危，"先天下之忧而忧"，真可谓是"烈士暮年，壮心不已"。

最后两句以梦明志——自己虽被贬塞外，远隔万里关山，但午夜梦回，战鼓声声仍旧萦绕在耳畔。诗人无论身居庙堂之高，还是处江湖之远，都心系国事。实际上，这两句诗都隐含着诗人的一种无奈与悲愤。纵然自己心怀登车揽辔的豪情壮志，以及治国平天下的杰出才能，但如今却被贬远离抗敌前线，这些也不过只能梦中得偿所愿罢了。

秦时明月不复在

——《居庸关》

读史筹边二十年，撑胸影子是山川。梦回汉史旌头外，

心在秦时明月先。

(清)魏源

魏源（1794年—1857年），字默升，道光二年（1822年）高中举人，例纳为中书舍人，道光二十四年(1844年)成进士。著有《占微堂诗集》、《海国图志》等，是中国近代启蒙思想家之一，中国近代史上一位具有划时代意义的文化巨匠。正如龚自珍所称："读万卷书，行万里路，综一代典，成一家言。"其所编撰的《海国图志》将世界各国，主要是资本主义国家的地理、历史、科技发明等带入中国，并总结出鸦片战争的历史教训，从而提出著名的"师

夷长技以制夷"的观点。这对于清朝长期闭关锁国、夜郎自大和对外诏媚绥靖形成了犀利的批判，并对当时的社会产生巨大的影响。诗人一生经历了近代中国的巨大变革，而有着强烈爱国情怀的他也写下了不少表现其抗敌卫国思想的诗篇，本诗为其中的一首。

鸦片战争结束后，沙俄趁机企图吞并中国的黑龙江地区。而腐败无能的清政府面对沙俄虎视眈眈的扩张野心却无能为力，因此，诗人希望朝廷能像秦皇、汉武一样，重用边防将领，重振国威。本诗写于诗人当年重游长城时。

当诗人登上雄伟的居庸关，远眺这大好江山，再回顾自己多年来的报国经历，不禁发出深沉的感慨："读史筹边二十年，撑胸影子是山川。"诗人自幼喜好读书，尤爱读史书。据《邵阳魏府君（源）事略》记载："十五岁，补县学弟子员，始究心阳明之学，好读书。"当然，诗人的目的并不同于当时的很多读书人，他之所以要考取功名，正是为了经世致用、强国御敌、振兴国脉。因此，他阅读史书是为了筹划边防之策。在防守古北口的直隶总督杨芳家当教师时，魏源就开始了对古今边疆防务和西北地理的研究。正所谓："读万卷书，行万里路"，诗人的足迹遍布祖国万千河山，"从此芒鞋踏九州，到处山水真面目"（《游山吟》）。也正是这些经历，让诗人对当时的政治时局产生了不一样的见解，也正是因为其深切的爱国热忱，才让他能坚持数年不惜艰辛、跋山涉水。

历史上，对于秦筑长城有着很多不同的评价，而诗人对此也有自己的一番见解："长城以限华、夷，戎狄攘诸塞外……罪在一时，功在千秋"肯定了秦长城作为国防工事的重大意义。虽然身处内忧外患严重的清末，但诗人对于边功卓著、军事力量强大的秦、汉时期却心存向往。"梦回汉史旄头外，心在秦时明月先。"诗句中，诗人引用苏武出使匈奴的典故，表达了心中的爱国热情。同时，又化用王昌龄《出塞》中句子："秦时明月汉时关"，表达对国防强大的秦汉时期的向往，又暗含了对清政府边防现状的失望与不满，进而表达了诗人重振边关雄风、保卫疆土安宁的雄心壮志。

诗人通过这首诗表达出了自己的爱国热情，通过对秦汉盛世的向往，感慨对当时情况的无奈，论史抒志，以史明志。

女中豪杰报国志

——《鹧鸪天》

祖国沉沦感不禁，闲来海外觅知音。金瓯已缺总须补，为国牺牲敢惜身！

嗟险阻，叹飘零。关山万里作雄行。休言女子非英物，夜夜龙泉壁上鸣。

(清)秋瑾

秋瑾（1875年—1907年），字璿卿，号竞雄，又号鉴湖女侠。1904年，赴日留学，参加过光复会、同盟会，著有《秋瑾集》。本词大约写于词人东渡日本留学时，直抒胸臆，表达了一腔报国热忱。全词基调慷慨豪迈，语调激昂向上，读之令人精神振奋，全无女子柔弱之气。

1894年，中日甲午战争爆发，以清政府签订屈辱的《马关条约》

告终；六年后，八国联军侵占北京，强迫清政府又签订了丧权辱国的《辛丑条约》。正是在这种国家处于危难中的情形下，词人目睹了清廷的腐败和民族的危难，并对此表现出担忧之情。于是，词人毅然冲破家庭束缚，前往日本求学，以图找到救国之道。其中，"金瓯"两句直抒胸臆，直接表达出了自己愿意为国献身的壮志雄心。天下兴亡，匹夫有责，然而，"匹妇"亦有责。因此，词人决心打破性别的束缚，寻求女子地位的解放，和男子一起共同保国护家，承担起救亡的责任。上片表现出了词人男女平等的民主思想。

下片前两句则是对前路艰险，身处异国漂泊无助的感叹。紧接着，第三句话锋一转，却又表现出无畏无惧的英雄气概。在词人看来，关山万里并不能构成自己心中大志的阻碍。因此，在结尾两句，词人豪气逼人地写出了巾帼不让须眉的豪情壮志。其中，"龙泉宝剑"引自《晋书·张华传》的典故，传说张华见斗、牛二星之间有紫气，于是，使人于丰城狱中掘得龙泉、太阿二剑。这里，词人直指封建礼教中"女子无才便是德"的陈见，愤怒地指出"休言女子非英物"，并自喻为龙泉宝剑，表达自己身怀壮志，力图用自己的才情拯救国家的远大抱负和志向。

秋瑾曾有言："男子之死与谋光复者……不乏其人，而女子则无闻焉，亦吾女界之羞也。"在《满江红》中，她这样写道："肮脏尘寰，问几个男儿英哲?算只有蛾眉队里，时闻杰出。"由此可以看出，秋瑾作为封建社会先驱女性，期望通过传播民主精神、平等人格来唤醒全中华女同胞。同时，还表现出了强烈的使命感和满腔热情。

十年磨剑觅封侯

——《戍边楼落成登临有感》

筹边我亦起高楼，极目星关次第收。万里请缨歌出塞，十年磨剑觅封侯。鸿沟浪靖金瓯固，雁碛风高铁骑愁。西望远山云气渺，图们江水自悠悠。

(清)吴禄贞

吴禄贞(1880年—1911年)，字绥卿，曾于1898年，被推荐入日本士官学校学习。1903年积极协助黄兴制订在长沙起义的计划。武昌起义爆发后，积极响应，并组成"燕晋联军"准备起事，后为袁世凯所暗杀。被孙中山誉为"盖世之杰"。吴禄贞心怀壮志，才华出众，一生为民主革命事业作出了十分杰出的贡献。

　　1895 年，中日签订《马关条约》，清政府被迫赔款割地，承认日本对朝鲜享有全部统治权。随后，日本决心吞并中国，并为此制订了所谓的"北进"计划，即以朝鲜为跳板，从陆地进攻，先占领东北，最终吞并全中国。词人于 1907 年随东三省总督徐世昌赴奉天，任军事参议，在延边积极筹划边防。在此期间，词人根据实地考察，提交了《延吉边务报告书》三册，证明中国自古对延吉享有主权，力图击破日本的侵略阴谋，稳定延边局势，并最终迫使日本于 1909 年 9 月 4 日，与清政府签订《图们江中韩界务条款》。词人曾在此修筑了一座戍边楼，而本诗正是作于词人在戍楼落成时，登楼远眺的所见所感。

　　首句开门见山地写到修建戍楼的原因和极目远眺所见之景。词人修建此楼的目的在于增加边防力量，防止日本入侵。而这座楼，凝聚着词人保家卫国的远大抱负。词人登楼极目远眺，关隘之间的景色尽收眼底。

　　随后，词人写道："万里请缨歌出塞，十年磨剑觅封侯"，以此表现自己奋发图强的豪情壮志和报国为民的高尚情怀。其中，"十年磨剑"化用了贾岛《剑客》中的："十年磨一剑，霜刃未曾试。今日把示君，谁有不平事？"意指自己长久以来，蓄势待发，韬光养晦，必将一举击破敌人妄想，成就宏图伟业。而"觅封侯"则引用了《后汉书·班超传》班超投笔从戎的典故。词人主动请缨，甘赴边疆，正是为了捍卫祖国边疆，保卫人民不受外敌欺侮，完成自己毕生的志向和梦想。

　　"鸿沟浪靖金瓯固，雁碛风高铁骑愁"，表现出了这座戍楼对于边防的意义所在，其将会使边防的力量获得极大的增强，并保护边关百姓不受日本军队的侵扰，起到保家卫国的作用。而结尾两句则以远山、白云、江水等远景作结，将全词的节奏放缓。词人心中大石已经放下，可以从容不迫地登楼赏景，表达了词人对自己这次边防杰作的强烈信心，和对于保卫祖国疆域不受侵犯的重大使命感。最终，词人的杰出贡献得到了历史的证明。

父辈传承

——《咄咄吟》

阿父雄心老未灰，酒酣犹是梦龙堆。呼儿一剑亲相付，要溅楼兰颈血回。

（清）贝青乔

鸦片战争爆发之后，西方列强开始入侵中国，引起了中华民族极大的愤慨，同时也引起了各界人士的震惊，一些爱国人士心系于此，他们纷纷通过创作诗歌的方式表达自己的痛苦以及抗击列强的决心，他们在诗歌中还抨击了投降主义，渴望保家卫国，表现了中华民族反对侵略者的决心，而一段时期内爱国诗歌此起彼伏。贝青乔就是其中的佼佼者，他在鸦片战争之后弃笔从戎，投身于将军奕经麾下，并且参加了浙东抗英的斗争，他将战场以及军中的所见所闻记录下来，写成《咄咄吟》两卷，均为七言绝句，共120首，一事一诗，每诗一注，注明本末，诗史互证。贝青乔通过高明的手法将现实写进诗歌中，慷慨激昂，犀利刺骨，深刻揭示了军府内幕的种种怪事，以及军吏们的无能和愚昧。本诗是这一组诗中的第三首。

"家大人喜谈兵……及英夷滋扰闽、浙，仆尝作杂歌九章以寄慨，家大人见之，谓：'儿有敌忾之志，儿何弗从军也？'仆遂诣军门投效。濒行时，授儿一剑，并作诗相勖，有'不斩楼兰莫便回'之句。"在完成这首诗之后，贝青乔如此交代了写这首诗的本末，由此可以看出这首诗完成于他在父亲的影响和激励下投笔从戎的前夕，写的是自己和父亲道别的场景。这首诗并不是以自己为中心，他将父亲放在中心位置，非常形象、生动地塑造了一位对祖国赤胆忠心的老人形象，而通过这位父亲的语言也能够感受到作者的一腔热情，这也是此诗的绝妙之处。

父亲是一位可敬可叹的老人，虽然岁月无情不能让他征战沙场，但是"烈士暮年，壮心不已"，他渴望报效祖国的雄心壮志丝毫没有变弱，他时刻牵挂着祖国边疆的安危，每当喝醉的时候，边关就会出现在他的梦境之中。

这首七言绝句语言质朴，感情非常充沛，热情赞颂了父亲不减当年的壮志豪情，虽然现在年迈体弱，力不从心，但是他可以将自己的壮志托付后人，让他们去实现自己的梦想，后两句诗歌中就展现了父亲对诗人赠剑相嘱的情景。

父亲不老的壮志全部都凝聚在这把宝剑上，他将宝剑郑重交给自己的儿子，希望他能够带剑杀敌，最终凯旋而归。这种托付凝聚着一位父亲对后辈的渴盼之情，其中这种相托在历朝历代中都有，甚至在每一个普通的家庭中也有，中华民族的爱国传统和民族精神正是在这种传承中永久不熄。